Le crime de l'Enchanteresse

Francine Pelletier

Éditions Paulines

DU MÊME AUTEUR
DANS LA COLLECTION *JEUNESSE-POP*:

Le rendez-vous du désert

Mort sur le Redan

Composition et mise en page: *Les Éditions Paulines*

Couverture: *Charles Vinh*

ISBN 2-89039-653-3

Dépôt légal — 4e trimestre 1989
Bibliothèque nationale du Québec
Bibliothèque nationale du Canada

© 1989 Les Éditions Paulines
      3965, boul. Henri-Bourassa Est
      Montréal, QC, H1H 1L1

4469

Prologue

L'ouvrière et le diamant

Ce matin-là, Lisbelle Chatereau travaillait dans la mine comme à tous les jours. L'ouvrière se trouvait dans un boyau étroit et, sous sa commande, une haveuse avançait dans le vacarme de son moteur. Des éclats de pierre jaillissaient tout autour tandis que les lames de la machine attaquaient la paroi rocheuse. Le havage ne visait pas à creuser le roc: la machine striait la surface rocheuse pour faciliter l'abatage qui venait ensuite. D'autres machines suivaient plus loin derrière, dans le même conduit.

La haveuse couinait sous l'effort pour avancer régulièrement et Lisbelle devait interrompre fréquemment la progression de l'appareil pour en nettoyer les chenillettes engluées de boue.

Vêtue de sa combinaison bleue d'ouvrière-mineure, Lisbelle Chatereau guidait patiemment l'appareil. De son casque, la lampe projetait un rayon lumineux sur les parois de la mine. Parfois, une lueur brillait au passage de la lampe: un cristal emprisonné dans la roche.

Tant de légendes couraient à propos des mine
d'Arkadie! Quelqu'un avait raconté à Lisbell
que d'autres ouvriers avaient trouvé des dia
mants gigantesques. Un ouvrier qui faisait un
telle découverte, s'il agissait discrètement, pou
vait s'emparer d'une pierre fabuleuse. S'il par
venait à la revendre sans se faire pincer, c'étai
la fortune.

Lisbelle Chatereau ne courait pas après l
richesse, pourtant elle surveillait attentivemen
les parois de la mine. Elle devait être un pe
énervée, car elle fit un mouvement brusqu
après avoir porté la main à la ceinture de s
combinaison.

Soudain, elle tressaillit. Par terre, devan
sa machine, brillait un morceau de cristal pres
que pur, que peut-être les vibrations avaien
détaché de la paroi. Lisbelle Chatereau immo
bilisa sa haveuse. Après un coup d'œil autou
d'elle, l'ouvrière descendit de l'appareil e
s'avança doucement. Les autres mineurs s
trouvaient loin derrière elle, mais les contre
maîtres avaient reçu l'ordre d'être plus vigi
lants pour tenter de mettre fin au trafic d
pierres précieuses.

Lisbelle se pencha. Sa main gantée se re
ferma sur la pierre, puis remonta vers sa cein
ture. Lisbelle y jeta un coup d'œil rapide: la
pierre était aussi grosse qu'un œuf. Un diamant?

Lisbelle Chatereau fit coulisser la fermeture
de sa combinaison. Sa main qui tenait la pierre

6

se glissa dans son vêtement. Voilà. Il était tellement facile de voler la compagnie minière!

L'ouvrière rejoignit la haveuse et reprit le travail. Parfois, elle portait une main à sa poitrine, pour tâter la pierre sous sa combinaison.

Un diamant de légende. Lisbelle Chatereau savait déjà ce qu'elle allait en faire.

1

Disparition d'une épingle
à cheveux

Il y avait un livre au milieu de la jungle, comme posé sur une étagère. Sa couverture rose tranchait au milieu de la verdure. De larges feuilles veinées de rouge semblaient transpercées par ses coins anguleux. Le livre passait au travers sans les toucher, car les feuilles n'existaient pas. Toute la jungle n'était qu'un décor: une projection tridimensionnelle qui avait transformé le salon. Les longues lianes ne descendaient pas des arbres, mais du plafond; le sol recouvert de plantes vertes n'était qu'un solide plancher. La jungle paraissait si réelle! Tous les meubles et les bibelots avaient disparu sous le feuillage créé par le projecteur; sauf le livre.

Arialde Henke observait la scène depuis l'extérieur. Elle se tenait sur un balcon, derrière la vitre d'une porte-fenêtre. La jeune femme était sortie là pour respirer un peu et contemplait, amusée, la jungle par laquelle les enfants avaient remplacé le décor familier du salon. Le soleil couchant entrait à flots par la porte-fenêtre, éclairant vivement la scène.

Les enfants étaient deux à avancer avec ruse au milieu du fouillis de feuilles et de lianes. Venait d'abord Alexandrina, ses longs cheveux sombres noués derrière la nuque en un chignon qui s'était un peu relâché pendant le jeu. L'une des trois longues épingles qui le retenaient avait dû tomber. Arialde ne la voyait nulle part, mais l'épingle pouvait être cachée sous le feuillage. Les deux épingles qui restaient brillaient au soleil: elles étaient en or massif, ornées d'une grosse pierre précieuse. Alexandrina avait de si nombreux bijoux... À dix ans, la petite fille voyageait dans toutes les colonies, acclamée par des foules immenses: des gens l'avaient surnommée Voix d'Or, d'autres l'Enchanteresse. Alexandrina était cantatrice et possédait véritablement une voix d'or.

Derrière elle, venait Nicolas, son petit compagnon. À cause de sa carrière de cantatrice, Voix d'Or ne demeurait jamais longtemps au même endroit, elle n'avait pas d'amis de son âge. C'était pour cette raison que son imprésario avait embauché Nicolas. Le petit garçon était plutôt turbulent, il adorait le bruit et le mouvement. Tout le contraire d'Alexandrina! Mais peut-être précisément pour cette raison, les deux enfants s'entendaient à merveille.

Alors, en cette fin d'après-midi, Alexandrina Guerti, cantatrice de dix ans, et Nicolas Cheney, garçon de compagnie, avançaient en silence dans une fausse jungle. Tout comme Arialde postée sur le balcon, les enfants avaient aperçu le livre. L'objet ne faisait visiblement pas partie de la projection; pour une raison ou une autre, il n'avait pas été intégré au décor. À quatre pattes, les enfants approchaient lentement du livre. Intriguée, Arialde voulut en faire autant mais s'arrêta: la porte du salon venait de coulisser, des adultes apparurent sur le seuil, deux hommes. Le premier était Christian Du Vallon, l'imprésario de Voix d'Or, un petit homme aux membres secs comme des branches mortes. De teint foncé, sa chevelure brune se clairsemait sur le devant de son crâne. Il s'arrêta avec surprise en découvrant la jungle. L'homme qui accompagnait Du Vallon se précipita vers les enfants: c'était Hugo Segourdin, le «décoriste» de Voix d'Or. Aussi blond que Christian était brun, Segourdin avait un corps élancé et musclé. Le projecteur tridimensionnel provenait sans doute des décors dont il avait la charge. Pour chaque spectacle de Voix d'Or, Segourdin créait avec ses projecteurs des scènes magnifiques: images du cosmos, planètes imaginaires, décors terrestres comme cette jungle. Hugo Segourdin était un grand artiste décorateur. Pour l'instant, il semblait plutôt furieux que les enfants aient emprunté l'un de ses appareils. Sans ménagement, Segourdin mit Nicolas sur pied. Le «garçon de compagnie» serait sûrement considéré coupable de cet emprunt. Christian Du Vallon, beaucoup plus calme, avait repéré le projecteur. La projection disparut bientôt et la pièce redevint un salon banal — pas si banal, en fait, car le salon était surchargé d'étagères couvertes de bibelots. Beaucoup de ces objets valaient une fortune à eux seuls, comme le livre sans doute très ancien; et ils appartenaient tous à Voix d'Or.

Le livre avait disparu en même temps que la jungle: maintenant, il y avait des dizaines de vieux bouquins, entassés les uns contre les autres au milieu des objets. Le projecteur et son clavier de programmation gisaient sur le tapis, là où les enfants les avaient posés. Hugo Segourdin les désignait en gesticulant. Nicolas baissait docilement la tête, habitué aux réprimandes. Voix d'Or, quant à elle, protestait énergiquement; la petite fille n'acceptait jamais facilement qu'on lui dictât ce qu'elle devait faire.

Avec une pudeur bien tardive, Arialde Henke tourna le dos à la scène pour s'appuyer au balcon. Après tout, elle était l'invitée de Voix d'Or; ces disputes ne la concernaient pas. Devant elle s'étalait un paysage tel qu'elle n'en avait jamais contemplé auparavant.

La maison de Voix d'Or était une maison mobile. Poussée par ses réacteurs, elle s'était posée sur ce haut plateau à flanc de montagne. La façade, du côté où se tenait Arialde, se trouvait à égalité de la falaise. Si Arialde se penchait au balcon, elle pouvait se croire suspendue dans le vide. Sous elle, à quelques centaines de mètres en contre-bas, s'agitaient les silhouettes des camions qui entraient et sortaient de la montagne à un rythme régulier. À l'intérieur, des foreuses creusaient et retournaient le sol de la planète pour en extraire des minerais dont la Terre avait besoin. Car Arkadie, planète si semblable à la Terre, se situait à des années lumières du système solaire.

Bien que parfaitement habitable, Arkadie n'avait jamais été ouverte à la colonisation. De grandes compagnies minières avaient pris le contrôle de son développement. Le sol d'Arkadie était riche; les compagnies minières devenaient riches à leur tour. Une seule région de la planète n'était pas vouée au développement minier: la Réserve et son village de Bourg-Paradis, où Arialde était née. Cette région constituait une vaste réserve faunique où des savants étudiaient l'écologie arkadienne. Les habitants de Bourg-Paradis étaient principalement des savants, membres des divers groupes de recherches en géographie, hydrographie, biologie...

Arialde, ses frères et sa sœur étaient les premiers Arkadiens. Ils avaient été «fabriqués» lors d'une expérience de génétique visant à doter Arkadie d'une population bien adaptée. Le projet de peuplement ayant été abandonné, Arialde et les siens restaient les seuls véritables Arkadiens. Tous les quatre s'étaient intégrés

13

aux groupes de recherches qui demeuraient à Bourg-Paradis. Arialde, quant à elle, était devenue ornithologue: elle se passionnait pour les oiseaux d'Arkadie.

Arialde se secoua pour sortir de sa rêverie. À ses pieds, les camions soulevaient des nuages de poussière qui n'atteignaient jamais le balcon. Le sol retourné formait une sorte de cratère devant la montagne. Une route étroite traçait un sillon au départ de la mine. Arialde comparait la route à une coupure qui aurait défiguré le sol de sa planète. De chaque côté de cette coupure, la forêt encore intacte étalait ses pourpres, ses ocres et ses verts, jusqu'à la coupure suivante: la station Nelson, l'établissement minier où résidaient les ouvriers dont les hauts bâtiments dessinaient une tache grise dans la forêt. Des milliers d'hommes et de femmes habitaient à Nelson, des gens qui venaient de la Terre pour travailler deux ou trois ans sur Arkadie et qui repartaient ensuite sans jamais avoir vu autre chose de la planète que les murs de leurs établissements ouvriers.

Arialde se sentait toute petite, perchée au sommet de ce paysage.

Un bruit lui fit cependant tourner la tête: la porte-fenêtre venait de s'ouvrir, livrant passage à Voix d'Or. La petite fille arborait une moue boudeuse, mais son visage s'éclaira lorsqu'elle aperçut Arialde:

— Tu étais là?

Arialde attendit que la petite fille s'approchât, puis elle montra la brume qui s'élevait au loin:

— Regarde, c'est Nelson où tu dois chanter demain.

La petite cantatrice resta silencieuse. Évoquait-elle son spectacle? Arialde n'avait aucune idée des pensées qui pouvaient troubler l'enfant à la veille de monter sur scène. Voix d'Or était si jeune! Et même plus jeune d'un an que Fédric, le benjamin de la famille d'Arialde. Pendant un moment, Arialde rêva de la maison qu'elle avait quittée, deux semaines plus tôt. Fédric protestait parce qu'elle partait sans lui. Oncle Wassi, le savant en charge de l'ancien projet de génétique, lui faisait mille recommandations. Ian et Marline lui souhaitaient bon voyage, avant de retourner à leurs occupations. Arialde s'ennuyait un peu de sa famille. La maison et Bourg-Paradis paraissaient tellement loin!

— Je veux aller dans la volière, dit Voix d'Or brusquement.

— Est-ce que ce n'est pas l'heure de la répétition?

La petite fille haussa les épaules. Voix d'Or n'en faisait jamais qu'à sa tête. Ainsi, cette volière: sur Arkadie, il était totalement interdit de garder un animal en captivité, sauf dans les laboratoires de Bourg-Paradis. Et encore: les chercheurs du village ne gardaient jamais longtemps leurs spécimens en cage. Tous à Bourg-Paradis préféraient étudier les animaux

dans leur milieu naturel. Mais Voix d'Or, lorsqu'elle chantait, aimait à voir la scène du spectacle peuplée de vrais animaux. À son arrivée sur Arkadie, ayant été séduite par le chant de certains oiseaux, elle avait demandé (et obtenu) une permission spéciale pour constituer une volière temporaire. Les spécimens capturés devaient être relâchés avant son départ, c'était une condition essentielle de l'entente. Arialde, en tant qu'ornithologue, avait été chargée de suivre la tournée de la cantatrice. Une volière avait été installée dans la maison mobile — la maison volante, comme Voix d'Or la désignait elle-même.

Arialde n'aimait pas beaucoup voir les oiseaux d'Arkadie utilisés pour ce spectacle, mais la jeune femme se gardait bien de protester: il ne servait à rien de s'opposer à Voix d'Or. Elle dit plutôt:

— Tu as perdu une de tes épingles à cheveux, Voix d'Or.

La petite fille répliqua d'un ton distrait:

— Je sais, je ne l'ai pas trouvée ce matin.

— Tu as regardé partout?

À nouveau, la jeune cantatrice haussa les épaules:

— Non, ça n'a pas d'importance.

Pas d'importance! Arialde le voyait bien, maintenant, les deux épingles qui restaient étaient celle ornée d'un rubis et celle possédant une émeraude. Ce qui signifiait que l'épingle manquante était celle avec le diamant — une très belle pierre. Et Voix d'Or s'en souciait comme d'un vulgaire bout de métal. Incroyable.

Arialde eut un rire gêné:

— Voix d'Or, tu es un ange, on dirait que tu chantes pour le seul amour de la musique.

La petite fille se tourna vers elle avec un geste de surprise:

— Parce que je me fiche de ce qui est arrivé à mon épingle?

— Parce que tu possèdes toutes ces richesses et que tu n'as même pas l'air de t'en rendre compte.

Voix d'Or fixa sur Arialde son regard vif, d'un bleu très clair:

— Je connais la valeur de chacun des objets qui décore cette maison, Arialde. Mais ils sont si nombreux que ça en devient ridicule, tu ne trouves pas?

Arialde acquiesça, même si elle ne partageait pas tout à fait cette vision des choses.

La porte-fenêtre coulissa et Christian Du Vallon apparut sur le balcon:

— Alexandrina, la répétition.

— Ah non! protesta la petite fille.

Christian sourit à Arialde et s'approcha:

— Chérie, les gens devant lesquels tu vas chanter demain attendent ton spectacle avec impatience. Tu dois leur donner le meilleur de toi-même, comme à chaque représentation.

La jeune cantatrice courba les épaules et soupira:

— Bien sûr. Je viens.

Avant d'entrer, elle se tourna vers Arialde:

— Hugo va installer la volière ce soir pour le prochain spectacle, tu vas surveiller la manœuvre.

Christian Du Vallon intervint:

— Arialde n'en aura peut-être pas le temps.

Et, se tournant vers la jeune femme, il expliqua:

— On vous demande au communicateur, Arialde.

La jeune femme remercia machinalement et passa devant l'imprésario pour entrer dans la maison. Qui pouvait bien l'appeler? Aussitôt, ses pensées se portèrent vers Bourg-Paradis. Était-il arrivé quelque chose à sa famille? Oncle Wassi, Ian, Marline, Fédric, tant d'accidents pouvaient troubler leur bonheur!

2

Aller-retour à la station Nelson

La personne qui attendait Arialde sur l'écran du communicateur n'appelait pas de Bourg-Paradis. Il s'agissait d'un inspecteur du service de la sécurité; un jeune homme aux yeux gris dont Arialde ne connaissait que trop bien le nom:

— Michel Corsan!

L'inspecteur Corsan accueillit Arialde avec un air gêné. La jeune femme l'avait rencontré un an plus tôt, lorsqu'une affaire criminelle avait amené le policier à Bourg-Paradis*. À la fin de son enquête, Michel Corsan avait quitté Arialde en promettant de revenir la voir. Cette promesse, il semblait l'avoir rapidement oubliée: pas une fois il n'avait rendu visite à la jeune femme. Elle avait pensé à lui à de nombreuses reprises pendant toute cette année, sans oser le relancer.

Et maintenant, il se tenait là, devant elle,

---

* Voir, du même auteur, dans la collection « Jeunesse-pop »: *Mort sur le Redan.*

par la magie du communicateur. Il se trouvait dans un endroit animé: derrière lui, Arialde apercevait les allées et venues de plusieurs personnes. Michel Corsan appelait d'un communicateur public.

Corsan baissa les paupières, voilant un instant le regard de ses yeux gris.

— Bonjour, Arialde. Comment allez-vous?

Arialde aurait voulu lui crier: « C'est tout ce que vous trouvez à me dire après m'avoir laissée un an sans nouvelles? » Elle réprima la bouffée de colère qui lui chauffait le visage et se força à sourire:

— Vous m'appelez pour me demander comment je vais?

Il répondit, comme si cela expliquait tout:

— J'ai essayé d'abord à Bourg-Paradis. Votre oncle Wassi m'a dit que vous suiviez la tournée de Voix d'Or?

— Ils ont constitué une volière arkadienne pour les besoins du spectacle. Je dois veiller au bien-être des spécimens.

Michel Corsan hocha la tête, mais Arialde n'était pas du tout certaine qu'il ait écouté sa réponse.

— Arialde, il me faut l'opinion d'un ornithologue.

Ainsi, il reprenait contact avec elle pour des raisons professionnelles. Lui qui avait voulu, un an plus tôt, qu'ils devinssent des amis! Arialde ne demanda pas pourquoi il avait besoin d'un ornithologue, elle jeta simplement, avec le plus de froideur possible dans la voix:

— Ah bon?

Michel Corsan regarda autour de lui. Pendant un moment, il parut désemparé, puis il se reprit:

— Écoutez, Arialde, je suis un peu pressé. J'ai envoyé l'hélijet vous chercher, il devrait être là dans quelques minutes. Je vous expliquerai lorsque vous serez ici.

Il coupa la communication, sans qu'elle ait pu s'informer: c'était où, «ici»? Et puis, au diable l'inspecteur Michel Corsan!

* * *

Le toit plat de la maison volante était juste assez grand pour servir de piste d'atterrissage; les navettes pour le transport de passagers à courte distance pouvaient s'y poser sans danger alors que l'hélijet, par contre, paraissait bien trop lourd pour le toit de la maison. Debout sous l'auvent qui abritait la porte, Arialde surveillait le gros appareil. La jeune femme évoqua le voyage effectué dans un hélijet semblable, un an plus tôt. À cette époque, l'inspecteur Corsan menait en sa compagnie une enquête suite à un meurtre. La jeune femme se méfiait alors du séduisant policier. Elle avait bien raison! Jamais elle n'aurait dû faire confiance à cet homme qui ne se souciait pas d'elle le moins du monde.

21

L'hélijet avait maintenant atterri sur le toit. Arialde s'avança vers l'appareil sans se presser. La portière s'ouvrit, elle s'y engouffra. Ce fut seulement à ce moment qu'elle reconnut le pilote: c'était Paul Jaubert, qui travaillait avec l'inspecteur Corsan l'année précédente.

Il lui cria joyeusement, pour couvrir le bruit des pales:

— Content de vous revoir, Mad'Henke!

Elle sourit. Le pilote, du moins, l'accueillait avec plaisir. Si seulement l'inspecteur Corsan pouvait en faire autant...

* * *

Les bâtiments de la station Nelson ressemblaient vaguement à ceux de Bourg-Paradis. Seule différence, et de taille: ces maisons étaient gigantesques.

Lorsque Jaubert, le pilote, avait désigné l'établissement minier comme étant leur destination, Arialde avait été étonnée. Elle ne savait pas que Michel Corsan se trouvait dans la région. Au fond, cela n'avait rien de surprenant: en tant qu'inspecteur de la sécurité, il parcourait sans doute tout Arkadie.

Arialde était tendue en atterrissant sur la piste prévue pour les hélijets: c'était la première fois qu'elle venait dans un établissement minier. De gros hangars étendaient leur ombre immense sur le sol bétonné de l'héliport. Un véhicule tout terrain attendait Arialde. À

Bourg-Paradis, tout le monde allait à pied car le village couvrait à peine un kilomètre carré. Ici, à Nelson, de nombreux véhicules circulaient entre les bâtiments disposés selon un réseau de rues bien droites. Certaines bâtisses évoquaient des cubes de plastique posés sur une pelouse, d'autres étaient plutôt des tours reliées entre elles par des passerelles de plexiglas qui brillaient au soleil.

Le tout terrain déposa Arialde devant l'entrée d'une tour qui semblait toute de verre. Un agent en uniforme escorta la jeune femme. Ils pénétrèrent dans une serre immense. Des plantes qu'Arialde ne connaissait pas poussaient dans de petits oasis où coulait un ruisseau. Il y avait des bancs pour s'asseoir, des allées entre les arbres pour se promener. Des hommes et des femmes marchaient tranquillement dans les allées, le bruit de leur conversation couvert par une musique rythmée. Au fond de la grande salle ouvraient des portes en forme d'arche derrière lesquelles Arialde distinguait les écrans lumineux de jeux interactifs. Durant leur temps de repos, les travailleurs venaient se délasser dans ces lieux. L'agent qui accompagnait Arialde ne semblait pas disposé à lui permettre de visiter l'endroit. Il pressait la jeune femme d'avancer.

— Que se passe-t-il? demanda Arialde à l'agent. Où allons-nous?

— L'inspecteur Corsan vous attend, Mad' Henke.

Suivant les pas rapides de l'agent, Arialde quitta la grande salle pour se retrouver dans un large couloir. De nouvelles entrées en forme d'arche lui montrèrent une succession de cafétérias et de bars. L'agent mena Arialde vers des ascenseurs. Ils montèrent plusieurs niveaux, puis Arialde découvrit un nouveau couloir, beaucoup plus étroit. Dans ses murs se découpaient des rectangles fermés plus larges que hauts: des portes posées à l'horizontale. Ces ouvertures perçaient le couloir dans toute sa longueur. En levant la tête, la jeune femme aperçut d'autres ouvertures semblables au-dessus des premières. Les barreaux d'une échelle couvraient la paroi pour monter jusqu'à ces portes du niveau supérieur. Ici, le couloir était très silencieux.

Une ouverture coulissa près d'Arialde, faisant sursauter la jeune femme. Elle aperçut un homme qui se redressait. Ces portes cachaient en fait de minuscules alcôves où dormaient les travailleurs! Comme chambre, c'était plutôt petit: il n'y avait de place que pour une couchette et rien d'autre. Quand un adulte y était étendu, il pouvait toucher le plafond de ses mains. Heureusement les travailleurs avaient la vaste salle près de l'entrée de la tour pour se détendre. Jamais Arialde n'aurait pu dormir dans ces caissons minuscules.

Le couloir faisait un angle. En tournant le coin, Arialde vit un groupe de personnes rassemblées dans l'étroit passage. L'agent qui avait guidé la jeune femme jusque là écarta les badauds sans se gêner. Arialde le suivit avec hésitation: elle n'avait jamais traversé un endroit aussi peuplé. Les gens la laissèrent passer mais elle s'excusa une bonne dizaine de fois d'avoir marché sur des pieds ou repoussé un coude qui l'écrasait. Dans cette partie du corridor, toutes les alcôves étaient ouvertes. Certaines montraient un grand désordre de couvertures. Qu'est-ce qui avait pu tirer les dormeurs aussi brutalement de leur sommeil? Le brouhaha des conversations était trop indistinct pour qu'Arialde comprît de quoi il s'agissait. En s'extirpant de la masse compacte des travailleurs, la jeune femme tomba sur un barrage policier. Des agents bloquaient le passage. Le policier qui avait accompagné Arialde expliqua que Mad'Henke avait été mandée par l'inspecteur Corsan.

Arialde aperçut la chevelure sombre de Michel Corsan et tenta de faire signe à l'inspecteur. Corsan semblait préoccupé, un pli soucieux barrait son front. Il discutait avec d'autres hommes devant une alcôve ouverte. Arialde devina la forme d'un corps étendu, la tache rouge qui maculait les draps. La jeune femme frissonna: un cadavre gisait là.

Un policier dut prévenir Corsan de la présence d'Arialde car l'inspecteur leva les yeux vers elle. La jeune femme ne put s'empêcher de tressaillir en croisant le regard pâle de Michel Corsan. Il avait les traits tirés et l'air soudain très vieux, ses épaules s'affaissaient comme sous un fardeau trop lourd. Il ne vint pas tout de suite vers Arialde, accaparé par les hommes qui l'entouraient. La jeune femme s'assit sur le bord d'une alcôve désertée par son occupant. Les gens se bousculaient autour d'elle, indifférents à sa présence.

Enfin, après une interminable attente, Corsan fendit le groupe compact et s'approcha d'Arialde.

Pendant un moment, la jeune femme ne ressentit rien d'autre que le désir irrépressible de serrer l'inspecteur de police dans ses bras. Mais Michel se contenta de la pousser vers l'alcôve:

— Ce n'est pas joli à voir, pourtant j'ai besoin de votre opinion.

Arialde désigna le cadavre, qu'elle apercevait déjà de trop près:

— Qui est-ce?

La voix de l'inspecteur trembla un peu lorsqu'il répondit:

— Elle s'appelait Lisbelle Chatereau et travaillait dans les mines.

Étonnée par le trouble de Michel, Arialde s'enquit:

— Vous la connaissiez?

Michel détourna les yeux:

— C'était une ouvrière, Arialde. Je vous en prie, maintenant.

Arialde fut obligée de se pencher dans l'ouverture. Avec répugnance, elle dévisagea la femme morte étendue là. Blonde et très jeune, Lisbelle Chatereau avait dû être jolie, mais la mort avait déformé ses traits en une horrible grimace. Son visage comme sa poitrine portait plusieurs blessures étroites qui avaient abondamment saigné. Une mare de sang avait d'ailleurs imprégné les draps, des éclaboussures avaient atteint le plancher du couloir.

— En se levant pour prendre son quart de travail, un homme de l'équipe du soir a vu du sang sur le plancher, expliqua l'inspecteur. C'est comme ça que le corps a été découvert.

Soudain, Arialde se pencha plus avant. De toutes petites taches maculaient les draps. Plutôt des *traces* que des taches de sang, d'ailleurs: des empreintes de pattes d'oiseau. Comme si un tel animal s'était promené sur les draps, passant dans la flaque de sang pour inscrire l'empreinte de ses pas au long du corps. Les blessures de Lisbelle Chatereau... des coups de bec? Il aurait fallu un oiseau au bec très effilé, comme celui d'un arachne. Absurde: qu'est-ce qu'un arachne serait venu faire dans cette alcôve?

Il s'agissait de grands oiseaux vivants dans les marais. Arialde et ses compagnons zoobiologistes les avaient nommés «arachnes» parce que leur comportement rappelait celui de l'araignée: ils vivaient dans des arbres couverts d'une fibre végétale résineuse et, quand des insectes restaient prisonniers de cette gigantesque toile, les arachnes s'en nourrissaient. Le mâle possédait un plumage rouge presque vermillon tandis que celui de la femelle était plutôt pourpre. Leur bec très effilé aurait pu causer les fines blessures de Lisbelle Chatereau, l'ouvrière morte.

Arialde se redressa et se tourna vers l'inspecteur Corsan qui attendait près d'elle en silence:

— Michel, vous ne pensez tout de même pas qu'un oiseau ait pu causer ces blessures?

— Je n'en sais rien, Arialde, c'est pour ça que je vous ai fait venir.

La jeune femme le contempla, incrédule. Mais, à travers son évidente lassitude, Michel paraissait tout à fait sincère.

Arialde soupira:

— Alors, vous avez perdu votre temps, Inspecteur. Comment un oiseau sauvage serait-il parvenu jusqu'ici?

Corsan répliqua avec impatience:

— Encore une fois, je n'en sais rien. Tout ce que je vous demande, c'est: est-ce que ces empreintes sont celles d'une espèce connue?

Arialde faillit l'envoyer au diable, mais elle se contint. Se penchant à nouveau sur le cadavre, elle examina la série d'empreintes de pas. Les doigts griffus étaient très espacés, l'oiseau devait avoir une certaine envergure d'ailes. Comme un arachne. La jeune femme se tourna vers Corsan et avoua — avec le sentiment de trahir tous les oiseaux d'Arkadie:

— Un arachne, peut-être. Il faudrait comparer ces empreintes avec celles que nous avons répertoriées au laboratoire d'ornithologie.

— C'est bon. Je vais demander à vos compagnons de vérifier ça, à Bourg-Paradis. L'héli-jet va vous ramener.

Arialde voulut protester, mais Corsan l'écartait pour laisser la place aux hommes qui venaient emporter le corps. Michel se détourna aussitôt pour discuter avec les autres policiers. À nouveau, Arialde dut attendre de longs moments assise au bord d'une alcôve, au milieu de ces gens très affairés. L'inspecteur finit sans doute par se rappeler la présence de la jeune femme car un agent en uniforme vint la chercher et l'entraîna vers l'issue du couloir:

— Vous n'aurez pas à aller très loin ce soir, Mad'Henke, la maison mobile de vos amis s'est posée en ville.

La nuit était tombée lorsque Arialde quitta la tour. La jeune femme n'avait pas eu conscience du passage du temps, elle gardait l'impression d'avoir rêvé.

Encore étourdie par la foule, Arialde s'installa dans le tout terrain piloté par l'agent. Alors que le véhicule atteignait le bout de la rue, la jeune femme se retourna pour contempler l'endroit qu'elle venait de quitter. La rue était vivement éclairée car les immeubles de verre projetaient leur lumière sur le sol. Quant à la tour, elle ressemblait à un gigantesque morceau de cristal. À l'intérieur, les travailleurs au repos vaquaient à leurs loisirs habituels, ignorant qu'un meurtre avait été commis dans le même édifice.

Le tout terrain roula un moment dans les rues claires de Nelson. Le véhicule s'arrêta bientôt devant un ensemble immobilier formé de deux bâtiments accolés l'un à l'autre: celui de derrière n'était qu'une boîte carrée ordinaire, mais le premier possédait un toit en forme de dôme. Une stèle de pierre annonçait qu'il s'agissait de l'amphithéâtre. La maison mobile était arrimée au toit du bâtiment plat, comme un chapeau posé sur un crâne. Bien sûr, la maison volante devait rentrer en ville régulièrement, pour se réapprovisionner en eau et en vivres — et vider ses réservoirs septiques. Arialde avait oublié que le déménagement avait lieu ce soir. En même temps, la maison se trouvait plus proche pour transporter les appareils du décoriste. Et la volière, aussi. Les oiseaux d'Arkadie, captifs de Voix d'Or, avaient été emmenés à la salle de spectacle ce soir pour la répétition. Arialde frotta ses paupières fatiguées. Il fallait visiter ses petits protégés au matin.

Arialde pénétra dans l'amphithéâtre à pas lents. Elle fut arrêtée par un gardien de sécurité qui lui indiqua comment gagner la maison. Au bout d'un couloir bordé par les bureaux de l'administration, Arialde trouva un ascenseur qui l'emmena sur le toit. En entrant dans la maison, la jeune femme croisa des machinistes qui sortaient de la pièce réservée à la metteure en scène. Arialde les salua:

— Comment s'est passée la répétition?

— Très bien, répondit l'un des deux hommes, sauf que vos oiseaux étaient pas mal nerveux.

Arialde fronça les sourcils:

— Le déménagement, sans doute.

Les machinistes acquiescèrent puis s'éloignèrent en bavardant. Arialde resta un moment immobile dans le couloir. La volière comportait deux couples d'arachnes... La jeune femme évoqua les empreintes d'oiseau découvertes près de la morte.

Arialde se secoua. Comment pouvait-elle croire un oiseau coupable de ce meurtre? Les humains tuaient les autres humains, mais les espèces d'Arkadie étaient toutes paisibles et inoffensives.

La jeune femme se dirigea vers sa chambre. Elle devina un bruit de voix étouffées en passant devant la porte de Voix d'Or et frappa doucement au panneau. La porte s'écarta.

Un livre ouvert sur les genoux, Voix d'Or lisait une histoire à Nicolas. Le garçon de compagnie était étendu sur la moquette épaisse qui couvrait le plancher de la chambre. Voix d'Or était assise sur son lit, l'air très sage dans sa robe rose. La petite fille s'interrompit à peine:

— Bonsoir, Aria. L'oiseau promit à la princesse de la ramener dans son royaume en échange de son aide.

Les histoires de Voix d'Or parlaient invariablement d'oiseaux merveilleux qui venaient au secours d'une enfant perdue loin de son pays. La petite fille puisait ses récits dans les livres anciens qu'elle possédait, mais Arialde la soupçonnait aussi d'en inventer une bonne partie au fur et à mesure. Bon public, Nicolas avait droit à une histoire chaque soir.

Arialde sourit et laissa Voix d'Or poursuivre son récit. Les enfants lui souhaitèrent bonne nuit d'une même voix, puis la jeune femme s'écarta pour laisser passer Christian Du Vallon. L'imprésario s'écria:

— Allons, c'est l'heure de dormir.

Les enfants protestèrent pour la forme. Voix d'Or réclama un baiser alors que Nicolas gagnait sa propre chambre. Arialde s'éloigna doucement. L'heure du coucher était si paisible dans la maison volante... Tandis que dans une tour de Nelson, au fond d'une minuscule alcôve, l'ouvrière Lisbelle Chatereau s'était endormie pour toujours.

3

Un arachne s'est envolé

La volière était constituée d'une grande structure de métal plastifié qui formait un cube de la taille d'une salle de bain. Des plantes en pot y avaient été installées, il s'y trouvait également une fontaine de pierre en forme de vasque. Seuls le plancher et le plafond étaient de matière solide. Les autres faces du carré se fermaient à l'aide d'un champ de force individuel. Cela permettait de n'ouvrir qu'un côté à la fois: par exemple pour permettre à quelqu'un d'entrer dans la « cage » et d'en nettoyer le fond.

Arialde n'était pas chargée de cette besogne; une technicienne de l'équipe qui accompagnait Voix d'Or dans sa tournée s'en occupait, mais Arialde pénétrait souvent dans la volière pour vérifier si le ménage y avait été fait correctement. Elle s'assurait que la nourriture offerte aux différents spécimens leur convenait.

En ce matin précédant le spectacle de Voix d'Or, Arialde hésita cependant à couper le champ de force. Derrière la barrière invisible, les oiseaux s'agitaient beaucoup, les oriflores volaient d'un côté à l'autre sans se poser. C'était de délicats spécimens, de la taille d'une fauvette terrienne. Leur queue ornée d'une fine aigrette s'irisait des couleurs de l'arc-en-ciel. Ils poussaient des cris aigus — des cris d'alarme. Les farouches, pas plus gros que les oriflores, sautillaient sur le sol de la volière, éparpillant les graines. Un grand arachne mâle au rouge très vif secoua brusquement ses ailes et cela accentua la panique des plus petits oiseaux.

Arialde jeta un coup d'œil derrière elle pour s'assurer que la cloison était bien close. En principe, la volière devait être installée en arrière-scène de l'amphithéâtre, sauf qu'Arialde avait exigé de pouvoir isoler la cage. Des panneaux mobiles avaient été posés sur un rail. Lorsqu'ils étaient fermés, comme maintenant, la volière se trouvait protégée des regards et du bruit derrière une cloison solide. Aussi, les oiseaux ne pouvaient pas s'échapper très loin si l'un d'entre eux parvenait à sortir pendant le bref moment où le champ de force était coupé. Les techniciens pouvaient ôter cette cloison en faisant glisser les panneaux sur rail. Cela permettait de dégager la volière au moment du spectacle.

Arialde s'approcha d'un côté de la cage, si près qu'un petit grésillement se fit entendre. La jeune femme recula. Voyons, elle avait mal regardé. Les deux femelles arachnes se tenaient l'une contre l'autre à s'ébouriffer, se lisser les plumes. Le gros mâle vermillon se secouait avec un cri perçant, écartant de son passage les plus petits oiseaux. Les farouches et les oriflores continuaient à s'agiter. Quatre, cinq farouches. Six oriflores. Trois arachnes. Il devait y en avoir *quatre*. À l'origine, il y avait deux couples d'arachnes dans la volière. Alors que maintenant...

Il manquait le second mâle.

Résolument, Arialde s'empara de la télé-commande, coupa le champ de force de son côté puis entra dans la volière. Le gros arachne fit un bond en arrière, les farouches quittèrent le sol et virevoltèrent autour de la jeune femme, tout comme les oriflores affolés. Leurs petites pattes effleuraient les cheveux d'Arialde et elle craignit un moment que l'un d'entre eux y restât prisonnier. Elle avança lentement, écartant les plants dans leur pot, à la recherche de l'arachne disparu. À son approche, les deux arachnes femelles s'écartèrent avec des cris indignés avant de joindre les plus petits oiseaux dans leur vol désordonné.

Rien. Si le quatrième arachne était mort ou malade, il avait déjà été retiré de la cage, sans doute par la technicienne chargée de l'entretien.

Arialde effectua calmement son inspection routinière entre les coups d'ailes et les cris d'effroi. S'il était normal de voir les farouches s'éparpiller dans toutes les directions au passage d'un être humain, il était plus rare que les oriflores et les arachnes en fissent autant. Un incident avait sans doute eu lieu, durant le déménagement de la volière; un choc, un faux mouvement qui avait obligé la technicienne à retirer l'arachne de la cage et avait rendu les autres oiseaux nerveux.

Arialde remarqua machinalement que les mangeoires étaient vides ou que leurs graines avaient été écalées. La technicienne n'avait pas très bien exécuté son travail, aujourd'hui.

La jeune femme quitta la volière, s'empressant de rétablir le champ de force derrière elle.

Passé l'abri de la cloison, Arialde découvrit un bruyant va-et-vient: l'équipe technique s'affairait à préparer le spectacle de ce soir.

L'arrière-scène de l'amphithéâtre était encombrée d'appareils électroniques. Les claviers qui servaient à programmer les projections tri-dimensionnelles étaient posés sur des tréteaux. Soudain, Arialde se retrouva dans un paysage de désolation. Autour d'elle, il n'y avait plus que des rochers dénudés, à perte de vue. Le ciel sombre était cependant constellé d'étoiles rouges et or. Les techniciens continuaient à aller et venir dans la demi obscurité. Arialde faillit s'étaler de tout son long, trébuchant dans un fil rendu invisible par la projection. La jeune femme demeura sur pied grâce à un soutien inattendu: Nicolas venait de se glisser près d'elle:

— Ça va, Arialde?

Hugo Segourdin surgit tout à coup au milieu du paysage:

— Coupez-moi ça, on ne se retrouve plus là-dedans!

La projection disparut, laissant la place à l'arrière-scène encombrée. Segourdin se mit à discuter avec la metteure en scène et l'un de ses assistants. Nicolas fila agilement entre deux employés qui transportaient du matériel. Le passage du garçon déclencha un concert de protestations, mais Nicolas ne s'en préoccupait guère.

Un technicien grogna:

— Fichu gamin!

Tout le monde continua son travail. Le regard d'Arialde se reporta vers Segourdin.

Malgré sa nombreuse équipe, Hugo restait le seul «décoriste» du spectacle. S'il ne manipulait pas directement les projecteurs, c'était lui qui programmait les décors à partir de son clavier central, lui qui créait ces paysages où Voix d'Or se produisait. Avec la metteure en scène — et sans doute *plus* que la metteure en scène — Hugo Segourdin détenait la clef du succès de Voix d'Or.

La petite cantatrice s'était obstinée longtemps avant qu'Hugo n'acceptât d'utiliser des animaux vivants sur scène. C'était du moins ce que des techniciens avaient raconté à Arialde, quelques jours plus tôt. Hugo préférait travailler avec du matériel inerte, car les êtres vivants étaient plus difficiles à intégrer au décor. Ce que les gens appelaient communément le « projecteur » tridimensionnel était en fait une machine très complexe. Elle possédait des senseurs et analysait tous les éléments d'un espace donné pour y intégrer ou dissimuler chaque objet, chaque meuble. Ainsi, les câbles électriques et les appareils disparaissaient sous les rochers nus d'une planète désertique. Ou alors, les bibelots du salon s'effaçaient sous le feuillage de la jungle.

Quels décors Hugo Segourdin s'apprêtait-il à utiliser pour le spectacle? Tout cela était sans doute planifié depuis longtemps, mais ce soir, il manquerait un arachne sur scène...

Se rappelant la raison de sa présence sur l'arrière-scène, Arialde rejoignit le décoriste:

— Hugo, il faut que je vous parle.

Segourdin se tourna vers la jeune femme avec un geste d'impatience:

— Que voulez-vous?

Arialde le tira par un bras:

— Il manque un arachne.

Le décoriste ouvrit des yeux ahuris:

— Qu'est-ce que ça veut dire?

— Je pensais que vous pourriez me répondre. Après tout, c'est vous qui avez déménagé la volière hier soir.

Segourdin répondit avec hauteur:

— Je vous signale que la volière est votre domaine sacré, Mad'Henke. Jamais je ne me serais permis d'y poser le gros orteil sans votre permission.

— En tout cas, un des arachnes a disparu et les autres oiseaux sont très nerveux.

Hugo Segourdin haussa les épaules:

— Écoutez, Arialde, je suis débordé. Pourquoi ne pas en parler à Gila, c'est elle qui s'occupe des oiseaux. Peut-être a-t-elle retiré ce spécimen pour des raisons médicales?

Gila était la technicienne chargée de l'entretien. Arialde ne put qu'approuver la suggestion du décoriste: il valait mieux s'adresser à elle avant de s'inquiéter.

* * *

Selon ses compagnons de travail, Gila se trouvait au café des employés de l'amphithéâtre. Là se réunissaient les techniciens, machinistes, électroniciens et habilleuses quand venait le moment de la pause. Pour s'y rendre, il fallait descendre sous la scène et prendre un long corridor sur lequel ouvraient les loges. Le couloir était bas de plafond mais vivement éclairé. Arialde y avançait d'un pas songeur. Les éclats d'une discussion la firent s'arrêter.

Derrière une porte, la voix de Christian Du Vallon retentissait:

— À croire que tu le fais exprès! Allons, qu'as-tu fait de cette épingle, Alexandrina?

Voix d'Or n'avait donc pas retrouvé l'épingle à cheveux ornée d'un diamant. Christian et les assistantes devaient préparer le costume de la cantatrice pour ce soir. Arialde imagina, dans la loge, les grandes personnes entourant Voix d'Or: la coiffeuse, la maquilleuse, l'habilleuse... La voix de la petite fille répondit d'un ton calme qu'Arialde eut peine à percevoir:

— Je l'ai perdue, qu'est-ce que ça peut te faire?

— Ce que ça peut me faire? tempêta Christian. Cette parure t'a été offerte par ton plus gros commanditaire, Alexandrina! Ces souvenirs ne te sont-ils pas précieux?

Voix d'Or répliqua d'un ton bas — et Arialde en conclut qu'elle et Christian devaient être seuls dans la loge, car la petite cantatrice n'aurait pas parlé ainsi devant des employés:

— Je commence à en avoir assez de ton obsession pour l'argent, Chris. Ces épingles m'appartiennent, j'en ferai bien ce que je voudrai.

À cet instant, Arialde aperçut Nicolas qui l'observait au bout du couloir. Avec un sourire moqueur, le garçon de compagnie s'avança vers elle:

— Vous avez perdu quelque chose, Arialde?

La jeune femme répliqua, avec un défi dans la voix:

— Oui, un arachne. Tu ne saurais pas ce qu'il est devenu, par hasard?

À sa grande surprise, Nicolas perdit son sourire:

— Non, je n'en sais rien. Ou plutôt... Peut-être que j'ai une idée.

Sur ses mots, il tourna les talons avant

qu'Arialde ait pu lui demander ce que signifiaient ses paroles.

La jeune femme se secoua. Nicolas s'était moqué d'elle avec raison. Que faisait-elle donc là, à écouter les conversations comme une espionne? Si Michel Corsan l'avait vue...

Arialde s'éloigna à pas rapides. Elle qui croyait pouvoir ne plus penser à l'inspecteur! Depuis ce matin, elle le chassait de ses pensées. L'arachne avait presque réussi à prendre sa place. Et voilà...

La jeune femme gagna bientôt le petit café réservé au personnel. Ce n'était qu'une banale cafétéria, avec des tables de couleurs vives: rouges, bleues, jaunes, à donner le mal de tête. Gila se trouvait attablée en compagnie d'autres employés. Arialde salua et demanda très vite:

— C'est vous qui avez retiré l'arachne de la volière?

La technicienne sursauta:

— Quel arachne? Je n'ai pas touché aux oiseaux.

— Quand vous les avez nourris, ce matin, ils étaient tous là?

À la table, les compagnons de Gila échangèrent des regards étonnés. La technicienne eut un rire gêné:

— C'est que je n'y suis pas allée ce matin. Je les avais nourris hier après-midi, je pensais y retourner tantôt...

Le ton d'Arialde se fit plus sec:

41

— Eh bien, allez-y doucement car ils sont très nerveux.

— Ils l'étaient déjà hier soir, je l'ai remarqué.

Arialde faillit répliquer: encore heureux que Gila ait remarqué la veille qu'il y avait des oiseaux dans cette volière! Mais la jeune femme réprima sa colère. Jusqu'ici, Gila avait bien fait son travail. Qu'elle nourrît les oiseaux l'après-midi au lieu du matin, quelle importance? Gila s'était détournée, elle semblait troublée. Venait-elle de mentir, était-elle impliquée dans la disparition de l'arachne? Arialde préféra ne pas insister et s'éloigna avec un hochement de tête qui pouvait passer pour une approbation.

Hors de la cafétéria, Arialde s'arrêta. La veille, Michel Corsan avait demandé son opinion à propos des blessures qui pouvaient avoir été causées par un oiseau du type de l'arachne. Elle n'avait pas voulu accepter la possibilité qu'un oiseau fut coupable. Ce matin, elle constatait la disparition d'un spécimen. L'arachne de la volière aurait attaqué l'ouvrière Chatereau? Impossible. Jamais les arachnes n'avaient montré un comportement agressif. Non, elle se refusait à croire en la culpabilité d'un oiseau.

Arialde se sentit observée et leva brusquement la tête: Nicolas se tenait devant elle et souriait en la regardant. Cette fois, elle ne le laisserait pas s'échapper avant qu'il ait répondu à ses questions. Elle étendit vivement la main et saisit le garçon par un poignet.

— Que sais-tu de la disparition de l'arachne?

Nicolas tenta de se dégager, mais Arialde, qui avait un frère presque du même âge, savait garder une poigne ferme lorsqu'il le fallait.

— Réponds-moi!

Le garçon désigna du menton la porte du petit café que la jeune femme venait de quitter.

— Si tu veux savoir ce que Gila faisait cette nuit, en tout cas, tu peux aller jeter un coup d'œil dans la loge inoccupée en face de celle d'Alex.

De surprise, Arialde relâcha son étreinte et le garçon en profita pour disparaître. Gila? Bien sûr, la technicienne était la mieux placée pour retenir un arachne de la volière — mais dans quel but?

4

Soir de concert

Le brouhaha des voix emplissait l'amphithéâtre.

Soudain, il y eut un éclair blanc, juste au
centre de la salle, au dessus de la tête des spectateurs étonnés. Lorsque la fumée se dissipa,
les gens distinguèrent une forme blanche qui
remua doucement dans le silence: la silhouette
d'un grand oiseau de brume ou la chevelure
d'un ange. Arialde suivit le vol éthéré de la silhouette qui gagna le devant de l'amphithéâtre.
La forme descendit en planant, effleurant presque les cheveux des spectateurs des premières
rangées, puis elle se posa au centre de la scène
et une voix de cristal s'éleva.

La mélodie s'égrenait sans mots distincts,
juste des notes modulées dans les aigus. La silhouette brumeuse s'était métamorphosée en un
corps frêle. Deux bras dénudés se dressaient
lentement au sortir d'une tunique blanche.
Tous les spectateurs avaient reconnu Voix
d'Or, maintenant, mais pas un ne devait pen-

ser à elle en ces termes. « Un ange », avait envie de murmurer Arialde.

La mélodie prit fin, les notes retombèrent. Les applaudissements mirent un temps à débuter. Peut-être, tout comme Arialde, les spectateurs étaient-ils déçus que ce chant ait pris fin aussi rapidement?

Arialde s'écarta de la télaz qui reproduisait en direct le concert de Voix d'Or. Dans le tube de projection, des étoiles pourpres venaient d'exploser tandis qu'une musique saccadée éclatait. Voix d'Or cherchait à déconcerter les spectateurs par cet enchaînement rapide de rythmes différents. Arialde ne voulait pas se laisser envoûter par la petite professionnelle de dix ans. Elle avait bien d'autres soucis.

Plusieurs techniciens s'étaient entassés dans la pièce étroite, toute en profondeur, éclairée par la seule télaz et située juste en face de la loge occupée par Voix d'Or. Arialde y était venue ce matin, sur le «conseil» de Nicolas, mais n'avait rien trouvé à part les restes d'un repas: quelques miettes éparpillées sur le sol, deux verres vides oubliés et qui sentaient la bière. Puisque l'équipe de tournée prenait ses repas à la salle à manger, qui donc pouvait avoir mangé dans cette loge?

Ce soir, tandis que le spectacle de Voix d'Or se poursuivait sur la scène et, par transmission télaz, dans le tube de projection, Arialde observait les techniciens rassemblés à l'intérieur de la loge. Gila faisait partie du groupe et elle jetait parfois de brefs coups d'œil à Arialde. Mais Gila n'était pas le seul sujet d'inquiétude de la jeune femme qui quitta la loge sans attirer l'attention des techniciens dont les yeux demeuraient rivés à la projection.

La volière se trouvait juste derrière un rideau qui masquait le devant de la scène. Les panneaux qui protégeaient normalement la cage avaient été repoussés sur leurs rails. Arialde s'approcha. Dans la quasi obscurité de l'arrière-scène, les oiseaux semblaient calmes. Malgré elle, Arialde évoqua l'arachne mâle porté manquant. La jeune femme savait qu'elle aurait dû prévenir Michel Corsan, aussitôt cette disparition constatée. Mais elle se refusait toujours à croire qu'un oiseau put être impliqué dans le meurtre de l'ouvrière Chatereau. Impliqué dans un meurtre! Autant prêter à l'arachne une volonté et des pensées humaines.

Arialde se laissa aller à soupirer, provoquant du même coup quelques froissements d'ailes dans la cage obscure. Le vrai problème, la jeune femme devait bien l'avouer, c'était qu'elle craignait d'être amoureuse de Michel Corsan. Pendant toute l'année où elle était demeurée sans le voir, elle avait pensé à lui comme à un ami que l'on regrette quand il est au loin. Maintenant qu'elle avait la preuve qu'il se fichait éperdument d'elle, elle avait peur de s'être trop attachée à lui. D'ailleurs, à quoi bon? Michel avait sans doute une amie.

Arialde recula brusquement pour s'éloigner

de la cage. Amoureuse de Michel Corsan! Ridicule. Dans son mouvement pour s'éloigner, elle heurta du dos une autre personne et murmura «Pardon». La voix de Christian Du Vallon lui répondit:

— Qu'est-ce que vous faites là?

Arialde répondit en chuchotant, même si la voix de la cantatrice, de l'autre côté du rideau, couvrait tous les bruits de la salle:

— Je venais voir si tout va bien.

— Ça va être le numéro des oiseaux, écartez-vous.

Arialde obéit, un peu vexée. Christian, évidemment, ne risquait pas de déranger, lui: en tant qu'imprésario, il avait le droit de se trouver là où il le désirait. Arialde retourna vers la loge équipée d'une télaz.

Nicolas s'était joint au groupe. Le garçon connaissait bien sûr le spectacle par cœur. Il annonçait les plus jolies surprises avant même que Voix d'Or ne soit apparue sur scène. Ce garçon était insupportable!

* * *

La scène était d'abord obscure, puis un projecteur se braqua en une tache de lumière pourpre. La tache frémit et Arialde se rendit compte qu'il s'agissait d'un arachne. Les spectateurs poussèrent quelques exclamations. Évidemment, ils ne pouvaient distinguer le cadre de la cage, car le décor choisi par Hugo Segourdin dissimulait la volière à leurs yeux. D'autres taches de lumière apparurent — tons pastels pour les oriflores, bleu et jaune pour les farouches —, puis Voix d'Or se mit à chanter. Semblable à la première pièce du spectacle, ce chant rappelait des vocalises. La voix de la cantatrice couvrait tous les octaves, des plus bas jusqu'aux notes les plus hautes. Très vite, les oiseaux lui répondirent. Arialde en demeura interdite, le regard fixé à la télaz: des gros arachnes aux petits oriflores, la volière vibrait de cris mélodieux. Littéralement envoûté, l'arachne mâle quitta la branche où il était perché pour s'élancer de son vol lourd. Arialde s'attendait à ce qu'il se heurte au champ de force mais, stupéfaite, la jeune femme vit l'oiseau s'élever au-dessus de la scène pour tournoyer ensuite dans la salle. À chaque fois que Voix d'Or lançait une certaine note, l'arachne répondait de son cri rauque. Il fut bientôt suivi des autres spécimens et toute la volière forma une ronde multicolore au plafond de la salle.

Les spectateurs, la mine épanouie, tête renversée, observaient l'envolée. Ils devaient croire les oiseaux le fruit d'une projection, bien sûr. S'ils s'étaient douté !

Ne tenant plus en place, Arialde se leva brusquement, s'attirant les regards étonnés des techniciens à ses côtés. La jeune femme s'éloigna de la télaz et fit quelques pas dans la loge. Elle attendait à tout moment un cri exprimant l'effroi d'un spectateur s'apercevant que les oiseaux étaient réels.

Voilà pourquoi Voix d'Or avait été surnommée «l'Enchanteresse»: elle envoûtait tout être vivant comme une merveilleuse sorcière à la voix d'or.

Le chant s'achevait, Voix d'Or émit une série de sons étranges, à la fois doux et aigus. Le cercle formé par les oiseaux dans la salle se rétrécit, ils virèrent lentement en direction de la scène. Voix d'Or tendit une main: le gros arachne mâle s'attarda autour de l'enfant, projetant son ombre pourpre sur le bleu dessiné par la robe de la cantatrice. Les autres oiseaux disparurent dans l'obscurité. L'arachne échangea un duo de cris avec Voix d'Or, puis la petite fille fit un geste et l'arachne regagna son perchoir dans l'ombre. La nuit retomba sur la scène — et les applaudissements crépitèrent.

Arialde ne put reprendre sa place que de longs instants plus tard. Ses muscles étaient si tendus qu'il lui semblait qu'elle ne pourrait jamais rester assise. Bientôt, Voix d'Or revint en scène vêtue d'une robe de soie et d'une veste de brocart d'un rouge très vif — vif comme le plumage d'un arachne, vif comme le sang de l'ouvrière tuée. De sa voix claire comme du cristal, la petite fille chanta un air ancien. Arialde connaissait les paroles pour avoir entendu, lorsqu'elle était enfant, sa tante Lori le fredonner:

— *Visi d'arte... Visi d'amore...*

Cela convenait bien à la petite cantatrice. Lentement, Arialde sentit la tension quitter ses muscles. Au centre de la pièce, entourant la télaz en un cercle compact d'admirateurs, les techniciens plaisantaient. L'un d'entre eux écrasa une larme au coin de sa paupière et Arialde comprit qu'ils riaient pour désamorcer la puissance des émotions qu'ils ressentaient.

— Sacré Hugo, ricana l'un. Ses décors sont époustouflants.

— Oui, continua un autre, il a mauvais caractère mais c'est un artiste, on ne peut pas dire le contraire.

Arialde approuva en silence dans son coin.

* * *

Quelques spectateurs s'attardaient dans la salle, sans doute dans l'espoir de croiser Voix d'Or. Ils avaient applaudi longuement, tout à l'heure, et la clameur de leurs bravos retentissait encore aux oreilles d'Arialde.

La jeune femme avança sur la scène en direction de l'amphithéâtre. Un bruit de voix résonnait en arrière-scène: les techniciens rangeaient les appareils avec quelques jurons pour les pièces les plus lourdes. Soudain, l'un d'eux poussa un cri. Il se fit un bruit — un bruit de battement d'ailes — et une silhouette sombre passa au-dessus d'Arialde en croassant.

Aussitôt, la jeune femme s'écria:

— Fermez les portes! Ne le laissez pas s'échapper!

Sous l'œil ahuri et passablement affolé des spectateurs retardataires, un placier eut la présence d'esprit d'obéir. Les portes de l'amphithéâtre se refermèrent avec un claquement. L'arachnc libéré tourna de l'aile et revint en planant vers la scène. Paralysée sur place, Arialde le vit plonger vers elle, mais la jeune femme ne bougea pas. Un mouvement vif près d'elle: Hugo avait surgi, bras écartés, et l'arachne effrayé changea à nouveau de direction. En le voyant venir vers eux, les derniers spectateurs poussèrent des hurlements et se jetèrent sur les portes. Heureusement le placier, qui avait plus de sang froid que les spectateurs, réussit à contenir les gens affolés et la sortie demeura fermée.

— Assoyez-vous! ordonna Hugo d'une voix puissante.

Médusés, les spectateurs obéirent. Segour din s'expliqua:

— Nous allons éteindre les lumières pour tenter de le capturer.

Quelqu'un dans l'arrière-scène murmura d'aller chercher Voix d'Or. Sur l'ordre d'Hugo, l'obscurité se fit. Seul un petit projecteur resta allumé, jetant une lueur pourprc sur la scène. Une musique s'éleva, celle du numéro des oiseaux. L'arachne poussa son cri, le même qu'il avait échangé avec Voix d'Or lors du duo.

L'oiseau n'était plus qu'une ombre dans les

hauteurs de la vaste salle. Un froissement de tissu fit tressaillir Arialde. Tournant la tête, la jeune femme distingua la silhouette de Voix d'Or. La petite fille reprit les dernières mesures du chant, puis elle lança le cri auquel l'arachne répondit. L'enfant et l'oiseau dialoguèrent ainsi pendant de longues minutes, puis l'arachne se dirigea docilement vers la volière.

Quelques instants plus tard, l'éclairage était rétabli. Voix d'Or se vit entourée d'une poignée d'admirateurs soulagés qui ne songèrent même pas à lui demander un autographe. Derrière la scène, Hugo donnait des ordres, plus dictateur que jamais.

Soudain, Arialde aperçut Nicolas qui observait le tout depuis le fond de la salle. C'était peut-être un effet de l'éclairage, mais les yeux du garçon paraissaient briller. Sur ses lèvres se dessinait un sourire étrangement satisfait.

5

Dispute autour d'une volière

Pourquoi donc Arialde avait-elle prétendu qu'elle allait se coucher? La jeune femme s'immobilisa devant la porte de sa chambre. De la salle à manger provenaient encore des rires et des éclats de voix. Quelques personnes devaient être restées autour de la table, à vider les dernières bouteilles. Plus tôt, toute l'équipe avait célébré le succès de la soirée. Arialde, elle, n'avait aucune envie de boire ni de manger. Elle aurait cru Voix d'Or épuisée après la performance qu'elle venait de donner. À sa place, en tout cas, Arialde aurait été pressée d'aller se coucher. Christian Du Vallon, habituellement si sévère, avait laissé avec indulgence Nicolas et Voix d'Or se gaver de sandwiches et de sucreries.

Évidemment, Arialde manquait d'expérience dans le domaine du spectacle. Une telle fête paraissait tout à fait naturelle. Elle aurait dû y rester et s'amuser un peu, pourtant la jeune femme en avait été incapable. Très vite, elle avait quitté la fête sous le prétexte d'aller au lit, mais elle n'avait pu dormir. Un profond malaise s'agitait en elle. Le meurtre de l'ouvrière Chatereau, l'attitude de Gila, la disparition de l'arachne, ensuite l'évasion du second mâle, juste après le spectacle...

Arialde tourna le dos à sa chambre, puis hésita. À cette heure-ci, les enfants devaient dormir, seuls les fêtards les plus obstinés demeuraient dans la salle à manger. Elle n'irait pas les rejoindre. Et si elle retournait dans la loge, pour s'assurer que la pièce n'accueillait aucun mystérieux visiteur? Arialde se dirigea vers l'ascenseur.

Elle s'attendait un peu à trouver le couloir fermé, mais il n'en était rien. L'amphithéâtre était silencieux. Sans doute le gardien de sécurité effectuait-il des rondes durant la nuit; pour l'instant, les lieux semblaient déserts.

Arialde traversa le couloir des bureaux et gagna la salle de spectacle. Elle descendit sous la scène où se trouvaient les loges. Le couloir au plafond bas était désert, Arialde n'entendait pas un son. Cependant, un rai de clarté filtrait sous la porte de la loge inoccupée. Arialde s'approcha de la porte et colla son oreille contre le panneau. Elle crut percevoir un bruit de voix étouffé. La porte n'était pas verrouillée.

Dans la pièce enfumée, la télaz maintenant éteinte avait été repoussée dans un coin. À la place, les techniciens avaient dressé une table sur laquelle s'empilaient des jetons. Gila et trois compagnons manipulaient les touches

54

d'un jeu électronique dont le nom, *Romgo*, était inscrit sur les côtés de son boîtier. Les joueurs tournèrent vers Arialde leur visage surpris et gêné. Christian Du Vallon n'apprécierait certes pas d'apprendre que les employés pariaient leur paye durant la nuit!

Arialde s'excusa de son intrusion et se retira. Pas étonnant que Gila préférât nourrir les oiseaux l'après-midi plutôt que le matin si elle passait ses nuits à jouer! Du moins, le mystère de la loge inoccupée était résolu. Restait celui de l'arachne disparu.

Arialde remonta à l'étage supérieur. Une surprise l'attendait en approchant de l'arrière-scène: la cloison qui séparait la volière du reste de la salle était ouverte et une vive lumière s'échappait du cubicule. Les oiseaux s'agitaient sous cet éclairage trop vif, du moins Arialde percevait le froissement de leurs plumes.

Un murmure de voix se faisait également entendre. Arialde accéléra le pas. Du seuil, elle aperçut les policiers et s'arrêta. Michel Corsan se tenait devant la volière, escorté d'un agent en uniforme et d'un autre homme en civil. Arialde fronça les sourcils: le visage de l'homme en civil lui était vaguement familier.

À l'apparition de la jeune femme, les trois hommes interrompirent leur conversation. Michel parut ennuyé, mais les deux autres saluèrent Arialde gentiment. La jeune femme demanda:

— Que voulez-vous?

L'inspecteur Corsan désigna l'homme en civil, puis la cage:

— Le sergent Weber assistait au spectacle, il m'a raconté le petit incident qui a clos la soirée.

Arialde reconnaissait l'homme en civil, maintenant: c'était le placier qui avait réussi à contenir les spectateurs affolés. Pas étonnant qu'il ait fait preuve de sang froid: c'était un policier! Pourquoi un policier avait-il assisté au spectacle, sinon parce que Corsan s'intéressait aux oiseaux?

Arialde avança vivement vers la volière:

— Combien de fois vais-je devoir vous répéter que ces oiseaux ne sont pas dangereux? Ils n'attaquent jamais sans raison.

Corsan répliqua avec calme:

— Oui, il en était ainsi quand ces oiseaux vivaient en liberté dans les marais. Qu'en est-il maintenant qu'ils se retrouvent enfermés dans une cage? Ils ont toutes les raisons d'être plus agressifs.

Arialde se tourna vers lui, exaspérée:

— Mais ce soir, personne n'a été blessé ni même touché.

— Pas ce soir, non.

Allons bon, Michel croyait toujours les arachnes capables d'avoir attaqué Lisbelle Chatereau! Arialde lui prouverait le contraire. Tout de suite.

La jeune femme s'empara de la télécommande accrochée au montant de la volière.

Le champ de force coupé, Arialde pénétra dans la cage. Les farouches s'envolèrent aussitôt. Ils tourneraient en rond dans la cage aussi longtemps qu'Arialde s'y trouverait avec eux. Les oriflores, plus sociables, se contentèrent de gagner les perchoirs les plus éloignés. Quant aux arachnes, les femelles levèrent à peine la tête de sous leurs ailes. Leurs yeux pourpres suivirent la jeune femme tandis qu'elle atteignait le centre de la volière. Le mâle vermillon, encore nerveux de son escapade de tout à l'heure, étendit les ailes en croassant, mais il ne quitta pas son perchoir.

Arialde se tourna vers les hommes:

— Alors? Vous croyez qu'ils vont me mettre en pièces?

Michel s'avança, jusqu'à être repoussé par le champ de force:

— Ne soyez pas ridicule, Aria. Ils sont habitués à vous, ils n'ont pas peur.

— Et vous, vous avez peur? Venez me rejoindre, Michel.

Il se contenta de hocher la tête. Furieuse, Arialde se précipita hors de la volière, déclenchant bien entendu la panique parmi ses protégés. Les arachnes protestèrent avec de forts croassements, les oriflores rejoignirent les farouches dans une sarabande autour des limites de la volière.

Arialde raccrocha la télé-commande brutalement à son support et fit face à l'inspecteur Corsan:

— Dites-moi donc pourquoi vous m'avez demandé mon avis, l'autre jour, puisque vous accordez si peu d'importance à ce que je dis?

Elle se tenait devant lui, frémissante de colère, et Michel parut décontenancé:

— Écoutez, Aria...

— Je ne vous ai rien demandé, moi, c'est vous qui êtes venu me chercher ici, mais depuis ce moment-là vous vous comportez comme le flic borné que vous êtes!

Les autres policiers étaient demeurés interloqués. Ils échangèrent un regard, comme s'ils calculaient leurs chances de gagner la porte discrètement avant qu'Arialde ne s'en prît à eux aussi. En tout cas, elle avait réussi à mettre Michel en colère:

— Moi, un flic borné? Je savais que je n'aurais pas dû faire appel à vous. Vous êtes incapable d'agir en professionnelle, il vous faut toujours fourrer votre petit nez fouineur partout où vous le pouvez, au risque de mettre votre vie en danger.

— L'an dernier, sans mon frère Ian et moi, vous n'auriez jamais trouvé l'assassin!

Michel cherchait manifestement une réplique percutante, mais il n'eut pas le temps de la lancer. Des bruits de pas précipités se firent entendre dans l'arrière-scène, tandis qu'une voix essoufflée criait:

— Inspecteur Corsan!

Une jeune femme en uniforme d'agent de police apparut, suivie de près par le gardien de l'amphithéâtre. L'agente salua son supérieur avant de débiter, à toute vitesse:

— Il vient de se produire un accident, Inspecteur.

Arialde souffla aussitôt:

— Voix d'Or!

L'agente avait entendu, elle tourna vers Arialde un regard étonné et corrigea:

— Ah non, il s'agit d'un petit garçon.

Les policiers échangèrent des regards consternés et le gardien de sécurité expliqua, les traits bouleversés:

— C'est le gamin qui est tombé du balcon. Il est mort.

6

À l'aube dans la maison volante

Son front brûlant appuyé à la vitre de la porte-fenêtre, Arialde voyait l'aurore poindre au-dessus de la station Nelson. Des jours paraissaient s'être écoulés depuis sa découverte de la disparition d'un arachne. Et pourtant, cela s'était produit ce matin — ou plutôt: hier matin, corrigea machinalement Arialde. Vingt heures auparavant, la maison entière s'agitait en préparation du concert. Nicolas courait partout, se jetait sur le chemin de tout le monde. Maintenant l'enfant n'était plus qu'un cadavre refroidi emporté par le personnel de la morgue.

Avec un soupir, Arialde s'éloigna de la porte-fenêtre. Elle n'aurait plus aucune envie d'aller prendre l'air sur le balcon, désormais: c'était de là que Nicolas était tombé. Son corps avait bondi sur le rebord du toit de l'immeuble au-dessous de la maison pour terminer sa chute dans la rue. Des policiers qui patrouillaient les abords de l'amphithéâtre l'avaient trouvé. Depuis combien de temps Nicolas gisait-il sur le pavé, au moment de sa découverte par les policiers? C'était difficile à déterminer exactement, selon le médecin légiste. À cause de cette imprécision, Michel Corsan enquêtait sans savoir à quelle heure le meurtre avait été commis.

Car il s'agissait bien d'un meurtre. Nicolas avait été tué de la même manière que Lisbelle Chatereau, l'ouvrière: des blessures fines et étroites perçaient sa poitrine, son visage était marqué par ce qui semblait être des traces de griffes.

Et un arachne manquait toujours dans la volière.

Lorsque Arialde avait mis l'inspecteur Corsan au courant de cette disparition — qui précédait le meurtre de l'ouvrière Chatereau —, Michel avait à peine réagi. Il avait baissé vers Arialde ce regard froid qu'il avait souvent, puis il était allé interroger les adultes de la maison.

Michel soupçonnait tout le monde. Depuis les techniciens dans leur salle de jeu «secrète» jusqu'à la metteure en scène, chacun avait dû subir un interrogatoire. Arialde était dans le salon avec Christian Du Vallon et Hugo Segourdin lorsque Michel était venu les rejoindre. La question de l'inspecteur était très simple:

— Où étiez-vous entre le moment où Nicolas a quitté la salle à manger et le moment où on a découvert son corps?

Arialde, quant à elle, n'avait pas vraiment d'alibi, du moins pas entre le moment où elle avait quitté la salle à manger et celui où elle avait rejoint les policiers dans la volière.

Segourdin avait croisé ses longues jambes et commencé à répondre calmement:

— Eh bien, quand j'ai quitté la salle à manger, je me suis dirigé vers ma chambre... Mais finalement je suis allé avec Chris.

Du Vallon, l'imprésario, avait les yeux rougis par les larmes. Aux paroles de Segourdin, il avait été secoué par un nouveau sanglot, mais il avait fini par confirmer l'alibi du décoriste:

— C'est vrai, nous bavardions pendant que le petit se faisait tuer...

Michel avait accueilli cette réponse avec un soupir de lassitude. Segourdin avait ajouté:

— D'ailleurs, c'est curieux... Tu te rappelles, Chris, j'ai dit à un moment que j'avais vu une ombre bizarre à la fenêtre.

— Quel genre d'ombre? avait demandé Michel, visiblement intrigué.

— On aurait dit l'ombre d'un oiseau gigantesque qui tournoyait autour de la maison.

Arialde n'avait pu en entendre davantage, elle avait quitté le salon pour se réfugier dans sa chambre. Cela s'était passé une heure auparavant.

Lorsque la jeune femme était enfin revenue au salon, tout le monde avait disparu. Et maintenant, elle errait dans la pièce désertée. Elle aurait dû sortir de sa chambre plus tôt.

Arialde avait une idée. Elle savait quel genre d'arme avait servi aux deux meurtres. Il ne s'agissait pas du bec d'un arachne, elle en était certaine. L'arme était un poignard, du moins

62

une espèce de poignard: l'épingle à cheveux égarée.

C'était d'une évidence telle! Arialde ne pouvait croire que personne n'en ait encore parlé aux policiers. Voix d'Or avait perdu son épingle bien avant le meurtre de Lisbelle Chatereau. Quelqu'un avait trouvé le bijou et s'en était servi comme d'un poignard.

De plus, la pointe effilée de l'épingle à cheveux avait la même forme que le bec d'un arachne.

Arialde décida brusquement d'en parler à Michel. Sa tentative de collaboration serait sans doute mal accueillie, mais tant pis, Michel ne pouvait refuser de l'écouter.

Elle se dirigea vers la sortie mais y fut arrêtée par un agent:

— L'inspecteur Corsan préfère que personne ne sorte maintenant, Mad.

— Où est l'inspecteur? Je voudrais juste lui parler.

L'agent acquiesça. Il prononça quelques mots dans le communicateur portatif qu'il prit à sa ceinture, puis il transmit la réponse à Arialde:

— Je suis désolé: l'inspecteur Corsan est présentement à la morgue en conférence avec le médecin légiste. Il sera de retour dans quelques heures et vous pourrez alors lui parler.

Évidemment, Michel s'était éloigné sans se soucier qu'elle ait ou non quelque chose à lui dire. À peine l'avait-il interrogée.

Arialde rebroussa lentement chemin jusqu'au couloir des chambres. En fait, il était peut-être superflu de parler de l'épingle à Michel. L'inspecteur ne risquerait-il pas de soupçonner Voix d'Or? L'épingle appartenait à la petite fille. En plus, la cantatrice avait « envoûté » les oiseaux... Michel était tellement obsédé par les arachnes, il arrêterait peut-être Voix d'Or sans même chercher plus loin.

La jeune femme s'arrêta devant la porte de la chambre qui avait été celle de Nicolas. Un murmure de voix perçait à travers le panneau. Arialde ouvrit la porte.

Assise sur le lit, un livre ouvert sur les genoux, Voix d'Or racontait une histoire au garçon disparu. Des larmes coulaient sur les joues de la petite fille, tombant en grosses gouttes sur les pages desséchées de ce précieux livre ancien. Arialde referma doucement la porte.

Laissant la petite fille à sa solitude, Arialde alla frapper à une porte plus loin. La voix irritée de Christian Du Vallon lui répondit d'entrer.

Christian était installé dans un fauteuil si profond que ses courtes jambes maigres ne touchaient plus le sol. Sur une table basse, à portée de main, il y avait un flacon de liqueur et un verre. Les yeux marrons de l'imprésario étaient encore rouges.

Arialde s'assit timidement sur le coin du lit, à quelque distance de l'imprésario et de sa bouteille. Pendant que Christian se servait un verre, la jeune femme demanda de sa voix douce:

— Je pensais que vous pourriez me parler de Nicolas.

L'imprésario suspendit son geste un moment, puis il reprit son verre et but, avant de répondre:

— Nicolas était un garçon turbulent, toujours fourré dans les pattes de tout le monde.

Christian resta un moment silencieux, les yeux rêveurs. Arialde n'osa pas intervenir. Bientôt, l'imprésario reprit avec un rire triste:

— Je l'ai engueulé pas plus tard qu'hier parce qu'il avait déplacé tous les livres de la bibliothèque, les étagères étaient sens dessus dessous et Hugo était furieux que Nicolas ait touché aux livres. Je regrette d'avoir parlé aussi durement au petit, si j'avais su...

— Mais, il avait été engagé pour cette raison justement, parce qu'il était vif et toujours en train de s'amuser.

Christian acquiesça:

— Oui, un peu pour rétablir l'équilibre avec Alexandrina qui a toujours été trop refermée sur elle-même.

Sans regarder Arialde, l'imprésario ajouta plus bas:

— On ne devrait jamais se replier sur soi-même, il faudrait être capable de parler, de dire...

Puis, se redressant dans son fauteuil, il se tourna vers la jeune femme:

— Croyez-vous que je sois trop autoritaire?

Arialde hésita, embarrassée:

— Je pense que Voix d'Or a du respect et de l'affection pour vous.

Christian Du Vallon répliqua:

— Elle dit que je n'aime que l'argent.

Arialde se rappelait la conversation surprise dans la loge de Voix d'Or et les reproches adressés à l'imprésario par la cantatrice. Devant le silence de la jeune femme, ou sans se préoccuper d'elle, Du Vallon reprit:

— Pourtant sa carrière compte plus que tout à mes yeux. Si elle savait ce que j'ai fait pour elle! Tous les sacrifices...

Christian s'interrompit et but longuement au verre. Arialde regretta d'être entrée; Michel avait raison de prétendre qu'elle n'était qu'une petite fouineuse. Elle avait envie de mener sa propre enquête, mais Christian Du Vallon n'était pas exactement le genre de témoin qu'Arialde aurait aimé interroger. L'homme avait trop bu et d'un moment à l'autre il allait se mettre à pleurer. Arialde ne pourrait pas lui refuser une épaule compatissante... Mais la jeune femme ne se sentait pas tout à fait disposée à être compatissante: elle était venue parler de Nicolas et Christian lui répondait en geignant sur son propre sort.

Arialde s'efforça de rassurer l'imprésario:

— Je suis sûre que Voix d'Or est bien consciente de tout ce que vous faites pour elle.

Contre toute attente, Christian jeta un regard

vif à Arialde. Peut-être avait-il bu moins qu'il ne semblait au premier abord? Ce ne fut qu'une impression fugace, déjà Christian se recroquevillait sur lui-même:

— Elle ne sait pas, personne ne peut savoir.

Arialde se leva et lui tapota maladroitement l'épaule:

— Allons, Christian, Voix d'Or aura besoin de vous tout à l'heure.

L'imprésario haussa les épaules:

— Et moi, qui me donnera ce dont j'ai besoin?

Arialde fit retraite vers la porte:

— Reposez-vous un peu. Je reviendrai vous voir tout à l'heure.

Elle s'empressa de quitter la chambre avant que Christian Du Vallon ne la rappelât. Ouf. Cette fuite était très égoïste, mais Arialde se sentait à peine coupable. Mal à l'aise, peut-être.

Quel lien pouvait-il y avoir entre l'ouvrière Lisbelle Chatereau et le petit Nicolas Cheney, pour qu'ils aient été assassinés de la même manière? Par la même personne, aussi, sans doute. Si seulement elle pouvait trouver qui de la maison volante servait de lien entre ces deux victimes, Arialde était persuadée de découvrir l'assassin. Celui-ci avait forcément rendu visite à l'ouvrière, puisqu'elle avait été tuée dans sa propre alcôve. À Bourg-Paradis, l'enquête aurait été facile: tout le monde connaissait tout le monde et des étrangers auraient été aussitôt remarqués. L'ennui, c'était qu'Arialde ne se trouvait pas à Bourg-Paradis. À Nelson, la jeune femme ne connaissait personne. Par où commencer?

Par les voisins de Lisbelle Chatereau, bien sûr. Peut-être l'un d'entre eux avait-il aperçu le visiteur.

7

Filature dans les rues de Nelson

Aussitôt levée l'interdiction de sortir, Arialde quitta la maison volante pour la station Nelson. La jeune femme n'avait dormi qu'une heure ou deux et encore: c'était comme si son cerveau était resté éveillé tout le temps. Son crâne résonnait bizarrement des bruits environnants. Même si elle l'avait voulu, de toute manière elle n'aurait pu dormir.

Les rues de la station étaient sillonnées de nombreux véhicules, camions et tout terrain. Par contre, les piétons étaient plus rares, ce qui étonnait Arialde habituée à marcher dans les rues de Bourg-Paradis.

Arialde reconnut enfin la tour aux parois transparentes où elle s'était rendue, deux jours plus tôt, à la demande de Michel Corsan. Elle ne se trompait pas d'endroit: le rez-de-chaussée était bien constitué de la vaste serre où les ouvriers venaient se détendre. Elle prit le couloir sur lequel les bars et les cafétérias ouvraient. Comme l'autre jour, beaucoup de travailleurs allaient et venaient à travers l'immeuble. L'ascenseur dans lequel elle monta était bondé, mais personne ne fit attention à elle. Arialde n'était qu'une femme de plus parmi la foule anonyme. Le surpeuplement de cette station avait certains avantages, du moins pour un détective amateur.

Une fois au niveau où avait habité Lisbelle Chatereau, Arialde hésita. Comment retrouver le bon couloir dans ce dédale de corridors identiques? Sans compter qu'il n'y avait personne. Les alcôves étaient peut-être remplies de travailleurs venus y dormir, mais cela laissait les couloirs déserts. Alors qu'Arialde se décidait à repartir, la porte d'une alcôve coulissa et un homme aux vêtements fripés se laissa glisser dans le couloir. Il avançait rapidement, quoiqu'un peu vacillant, une main portée à son ventre et les yeux gonflés de sommeil. Arialde osa l'aborder:

— Excusez-moi, Monsieur...

L'homme la repoussa brusquement:

— Fichez-moi la paix, vous voyez bien que je suis malade.

Il continua sa route et Arialde renonça à le suivre. Elle attendit pourtant, en se disant qu'un autre travailleur pouvait quitter son alcôve. Si elle avait eu plus d'audace, elle aurait frappé au panneau clos d'une alcôve pour questionner son locataire, mais elle se doutait bien que le sommeil des travailleurs devait être sacré et que l'interrompre ne lui causerait que des ennuis.

Au bout d'un moment, l'homme qu'elle avait abordé repassa et, en la voyant, il s'arrêta pour constater:

— Vous êtes encore là!

Arialde s'informa poliment:

— Vous vous sentez mieux?

Il ponctua sa réponse d'un haussement d'épaules:

— Et vous, qu'est-ce que vous fabriquez dans ce secteur?

— Je suis une amie de Lisbelle Chatereau, je pensais rencontrer ses compagnons de travail...

L'homme désigna le couloir du côté opposé:

— La fille assassinée, c'était par là. Ça ne vous donnera rien d'aller vous balader près de son alcôve. Il faudrait venir à l'heure du changement d'équipe, sauf qu'à ce moment-là tout le monde est pressé.

— Vous savez où je pourrais trouver quelqu'un qui la connaissait?

L'homme lui jeta un regard méfiant:

— Vous n'êtes pas d'ici, non?

Arialde répondit très vite:

— Je viens de la base d'Howell.

C'était le seul autre nom d'établissement minier que la jeune femme connaissait. L'homme parut la croire:

— Pourquoi vous n'allez pas demander vos renseignements à la Sécurité?

— Je préfère que la police ne sache rien de ma démarche.

L'ouvrier s'était remis en marche en direction de son alcôve. Arialde décida de ne pas le lâcher et le suivit. Finalement, ayant ouvert sa porte, l'homme se tourna vers la jeune femme avec un mouvement brusque et dit:

— Les gars de son équipe se tiennent au bar La Rocheraie.

* * *

Hommes et femmes se pressaient dans les arcades où les machines à jeux interactifs tintaient bruyamment. Des groupes d'amis se tenaient autour de certains appareils, encourageant l'un des leurs à grands cris. Tout comme dans les alcôves, Arialde ne serait pas la bienvenue si elle interrompait les jeux. Elle préféra rebrousser chemin vers les bars et les cafétérias. Aucun d'entre eux ne se nommait La Rocheraie. Arialde aurait dû y entrer quand même en passant: elle y trouverait sûrement quelqu'un disposé à l'aider.

Elle aborda un groupe attablé qui discutait âprement des horaires de travail. Arialde s'adressa de préférence à une jeune ouvrière qui lui semblait sympathique:

— Excusez-moi, je cherche le bar La Rocheraie.

Les visages autour de la table se levèrent vers Arialde. Quelqu'un répondit:

— C'est à l'autre bout de la ville, dans la tour ouest.

Arialde remercia et se retira. Comme elle

allait atteindre la grande serre près de la sortie, des pas pressés retentirent derrière elle et une voix masculine cria:

— Eh, attendez!

Elle se retourna pour apercevoir l'un des travailleurs entrevus à la table du bar. C'était un jeune homme au teint bronzé et aux cheveux bruns pâlis par le soleil. Sa veste de cuir ouvrait sur un t-shirt délavé. Sa tenue lui donnait une allure nonchalante mais il souriait à Arialde avec sympathie:

— Si vous allez à La Rocheraie, je peux vous accompagner. Vous n'avez pas l'air d'être d'ici; vous avez un véhicule?

Arialde secoua négativement la tête et le jeune homme enchérit:

— Raison de plus pour que je vous accompagne! Je m'appelle Jérémie, et vous?

* * *

Jérémie conduisait vite, mais du moins connaissait-il bien la station Nelson. Il expliqua qu'il était chauffeur de camion et transportait le minerai jusqu'à l'usine de transformation. Là-bas une première fonte avait lieu pour extraire les métaux de leur gangue. Certaines matières premières étaient transformées ici sur Arkadie, mais une grande partie des métaux bruts étaient envoyés vers la Terre et les autres colonies. En tant que chauffeur, Jérémie n'avait pas un horaire aussi régulier que les ouvriers des mines. Il pouvait effectuer des voyages de plusieurs jours et avoir ensuite quelques journées de repos, comme c'était le cas présentement. Par chance, Jérémie parlait surtout de lui-même et oubliait de poser des questions. Arialde n'aimait pas lui mentir.

Bientôt, le jeune camionneur désigna une haute tour qu'Arialde trouva très semblable à celle qu'ils venaient de quitter: la tour ouest. Au moment où ils s'engageaient sur la rampe menant au stationnement souterrain, Arialde s'écria:

— Arrêtez!

Jérémie freina brutalement et la jeune femme ajouta:

— Faites demi-tour, vite, je vous en prie.

Le jeune chauffeur obéit en riant, croyant sans doute à une blague:

— Dites, vous n'allez pas me faire ça trop souvent...

Comme ils revenaient vers la surface, Arialde tendit le bras et désigna un tout terrain qui filait rapidement sur la rue:

— Vous pouvez le suivre?

— À vos ordres!

Un peu gênée d'avoir été aussi impérieuse, Arialde expliqua:

— Je viens d'apercevoir un ami. Je ne savais pas qu'il se trouvait à Nelson.

— Nous allons le rattraper! Ça va lui faire toute une surprise.

Mais la personne la plus surprise, pour l'instant, c'était Arialde. Dans le tout terrain que Jérémie suivait habilement, la jeune femme avait aperçu la tête brune de Christian Du Vallon. À moins qu'elle ne se fût trompée, tout simplement? Dans ce cas, elle aurait l'air ridicule et Jérémie lui pardonnerait en la prenant pour une idiote. Et si elle ne s'était pas trompée...

Au fait, que ferait-elle? Elle ne pouvait tout de même se planter devant Christian et exiger une explication pour sa présence en ville, d'autant plus que l'imprésario pouvait avoir des raisons parfaitement banales de se trouver là. Arialde avait agi impulsivement et le regrettait maintenant. Trop tard.

L'un derrière l'autre, les véhicules revinrent vers la tour qu'Arialde et son chauffeur venaient de quitter. Cependant, le tout terrain conduit par Christian ne descendit pas au stationnement. Le véhicule s'arrêta devant la tour, comme l'avait fait l'agent conduisant Arialde, la première fois.

Arialde demanda à Jérémie d'arrêter un peu plus loin.

— Pour quoi faire? s'étonna le jeune homme. Vous n'allez pas rejoindre votre ami?

— Je ne veux pas qu'il me voie. Après tout, c'est une surprise.

Néanmoins, Jérémie obéit encore et leur véhicule se stationna quelques mètres devant celui de l'imprésario. Arialde se retourna pour observer la scène par la vitre arrière.

Dans le tout terrain de Christian, derrière

eux, l'imprésario avait une vive discussion avec son passager. Tous deux échangèrent un paquet. Le passager de Christian glissa le sien sous sa chemise, puis il sauta sur le sol.

Vite, pas une minute à perdre.

— Écoutez, Jérémie, ne soyez pas fâché, mais je vais aller rejoindre l'ami de mon ami, vous comprenez?

— Vous n'allez pas me laisser comme ça!

Il tentait de la retenir, elle se dégagea:

— Jérémie, s'il vous plaît, laissez-moi ou vous allez tout gâcher!

Le véhicule de Christian avait démarré. Jérémie le suivit des yeux, un peu étonné. Arialde profita de cette diversion pour entrer dans la tour sur les talons du mystérieux passager.

* * *

De dos, elle n'apercevait que de larges épaules vêtues d'une chemise beige, sous une chevelure blonde. L'homme semblait plutôt jeune, Arialde ne l'avait pas vu distinctement. Elle avait peut-être tort de se lancer sur les traces de cet inconnu, mais il n'aurait servi à rien de suivre Christian: Arialde pouvait parier que l'imprésario retournait à la maison. Le plus logique était donc de tâcher d'en apprendre un peu sur l'homme que Christian avait rencontré.

L'inconnu — qu'Arialde ne tarda pas à baptiser «Blond-beige» —, se dirigea d'abord résolument vers l'une des arcades qui ouvrait sur la grande serre de la tour. Il s'y enfonça à pas rapides, comme si une urgence l'attendait parmi les jeux interactifs. Arialde lui emboîta le pas et se retrouva aussitôt coincée entre les joueurs et la foule compacte. Elle parvint à ne pas perdre de vue Blond-beige. Celui-ci atteignit le fond de l'arcade, puis fit brusquement demi-tour pour ressortir aussi rapidement qu'il était entré. La jeune femme le vit venir vers elle et se détourna juste à temps, feignant de s'intéresser à une partie en cours. Blond-beige passa si près d'elle qu'il la frôla. Dès qu'il se fut éloigné, Arialde bondit à sa suite. Hors de l'arcade, elle s'arrêta, craignant l'avoir perdu. Une tête blonde au-dessus d'une chemise beige: il était là-bas.

À la suite de l'inconnu, Arialde traversa la tour de part en part. Blond-beige ne s'arrêta qu'une fois, à un communicateur public, mais Arialde ne put s'approcher suffisamment pour entendre ce qu'il disait, ni pour apercevoir, sur l'écran, son interlocuteur.

Blond-beige reprit sa route à pas plus lents. Derrière lui, Arialde se trouva bientôt avec étonnement au seuil d'une porte qui débouchait sur une autre artère de Nelson. La tour avait plusieurs issues!

Une fois à l'extérieur, Arialde craignit que Blond-beige ne prît un véhicule, mais l'homme continua à pied. Il y avait peu de circulation et encore moins de piétons. Aussi Arialde restat-elle à distance prudente de son suspect — en souhaitant qu'il ne l'ait pas repérée.

Les immeubles défilèrent et le volume de la circulation augmenta. Des camions, surtout, passaient bruyamment près de la jeune femme.

Blond-beige tourna finalement un coin de rue et Arialde s'engagea à sa suite sur cette artère secondaire. Devant elle, la jeune femme découvrit une vaste aire bétonnée entourée de hangars. Des camions stationnaient là. Jérémie aurait été ravi de lui faire visiter les lieux, car c'était visiblement l'endroit où étaient réparés ces véhicules.

Blond-beige longea les hangars jusqu'au bout du groupe d'immeubles, puis il disparut: il avait pénétré dans un hangar dont la porte métallique demeurait ouverte. En s'y dirigeant, Arialde entendit éclater un bruit de voix derrière elle, mais elle ne se retourna pas: des chauffeurs saluaient l'un des leurs qui rentrait. Les rires et les voix s'éloignèrent. Arialde tourna brusquement pour contourner le hangar où Blond-beige avait disparu.

Il lui fallut un bon moment avant d'avoir contourné la bâtisse. Arialde craignait qu'il existât une autre issue, mais ce n'était pas le cas. La jeune femme avait fait ce détour inutilement et se maudit pour cette initiative: pendant ce temps, Blond-beige était peut-être ressorti et elle n'avait aucun moyen de le savoir! Arialde se retrouva de l'autre côté du hangar. Aucun bruit ne provenait de l'ouverture béante. À pas prudents, la jeune femme s'approcha pour jeter un regard dans l'entrée.

Ce n'était qu'un hangar aux parois de métal. Deux camions y stationnaient, sans trace de leurs chauffeurs. Arialde crut tout de même percevoir le raclement d'un pas sur le sol. Vite, elle se glissa à l'intérieur. Une pénombre relative règnait dans le hangar, ce qui lui permit d'avancer silencieusement le long d'un mur. Il lui sembla voir bouger derrière un camion, mais elle ne vit rien d'autre. Un objet métallique roula sur le sol, au fond du hangar. Arialde prit cette direction.

Elle devina le piège au moment où elle atteignait l'arrière du véhicule. Un brusque mouvement se fit derrière elle, mais la jeune femme n'eut pas le temps de se retourner. Un tissu sombre fut jeté sur son visage tandis que des bras vigoureux l'empoignaient. Arialde se débattit de toutes ses forces, donnant des coups de pied qui ne rencontrèrent que le vide. Son assaillant la souleva de terre, lui écrasant les côtes sous sa poigne solide. Des mains lui saisirent les chevilles et entreprirent de les lier avec une corde au toucher rugueux, puis le câble entoura ses bras et sa poitrine. Arialde fut déposée sans ménagement sur le sol. Comme elle se débattait toujours et tentait de crier à travers le tissu, une main couvrit son visage, lui écrasant le nez. La jeune femme étouffa.

Au moment où elle allait perdre conscience, elle perçut des hurlements sauvages. Elle reçut un coup alors qu'un bruit de chute se faisait entendre. Ensuite, elle devina qu'une lutte se déroulait autour d'elle. Des cris retentissaient, mais Arialde distinguait aussi le bruit des coups portés entre les divers assaillants. La jeune femme roula sur elle-même pour tenter de se soustraire aux vainqueurs, quels qu'ils fussent. Des mains l'attrapèrent par les pieds pour la tirer dans une autre direction.

Enfin, le bruit de lutte cessa. Une voix cria:

— Détache-la, vite!

Les liens se relâchèrent et Arialde put respirer à l'air libre. La première chose qu'elle distingua fut le visage de Jérémie, le jeune chauffeur de camion, qui lui demanda anxieusement:

— Ça ira?

Sur le sol, près d'Arialde, deux formes humaines étaient étendues: Blond-beige et un autre homme, manifestement tous deux assommés par Jérémie et sa bande. Car le jeune chauffeur était entouré de quelques compagnons, hommes et femmes qu'il présenta d'un signe vague de la main:

— Les copains.

Ils étaient tous chauffeurs, bien entendu, et se trouvaient sur l'aire de stationnement quand Arialde était passée. La jeune femme s'assit sur le sol, massant ses côtes endolories. Elle comprit tout à coup et leva vers Jérémie son visage empourpré:

— Vous m'avez suivie!

Jérémie haussa joyeusement les épaules:

— Vous suiviez bien ce type! Mais j'avais raison, pas vrai les copains?

Ses compagnons approuvèrent et Jérémie expliqua:

— Les copains m'ont vu, évidemment, quand je suis entré sur le terrain de stationnement. Ils n'ont pas voulu me lâcher et c'est une chance: sans eux, je n'aurais jamais pu empêcher ces deux bandits de vous emmener.

Le jeune chauffeur aida Arialde à se remettre sur pied. Frissonnante, la jeune femme dévisagea ses deux assaillants inconscients. Leurs visages lui étaient inconnus. En tout cas, Blondbeige s'était aperçu très vite qu'elle le suivait. Lorsqu'il s'était arrêté au communicateur public, c'était sûrement pour prévenir ce complice. Ensuite, les bandits avaient attendu patiemment qu'Arialde entrât dans le hangar...

Quelle idiote elle avait été! Si Jérémie n'avait pas eu la curiosité de la suivre, elle serait sans doute morte, à l'heure actuelle, comme Lisbelle Chatereau et Nicolas...

Avec un soupir, Arialde se tourna vers ses sauveteurs:

— Il faudrait prévenir la Sécurité.

— C'est déjà fait, annonça l'une des compagnes de Jérémie. Jon est allé appeler pendant qu'on leur réglait leur compte.

C'était parfait. Il ne resterait plus à Arialde qu'à expliquer à Michel Corsan comment elle s'était mise dans ce guêpier.

8

Au service de la Sécurité

— Vous n'apprendrez donc jamais! soupira l'inspecteur Corsan.

Arialde resta humblement silencieuse.

L'air visiblement découragé, Michel s'assit sur le coin d'une table où était posé un terminal. Arialde se trouvait dans un local du service de la Sécurité en compagnie de l'inspecteur Corsan et du sergent Weber. Les agents de la Sécurité avaient rapidement répondu à l'appel du chauffeur de camion. Ils avaient cueilli les deux assaillants d'Arialde — en posant beaucoup de questions. Dès son arrivée au poste de police, Arialde avait demandé à voir l'inspecteur Corsan (qui n'avait pas tardé à apparaître sur les lieux, surtout après avoir appris la tentative d'enlèvement dont Arialde avait été victime).

Michel contemplait la jeune femme d'un regard réprobateur:

— Quel besoin aviez-vous de suivre cet homme? Il fait partie d'une bande de trafiquants que nous essayons de démembrer.

Consciente d'avoir stupidement mis sa vie en danger, la jeune femme se fit suppliante:

— Je vous en prie, Michel, ne soyez pas fâché; j'ai agi sans réfléchir.

Corsan se contenta de lever les yeux au plafond. Arialde ne put s'empêcher d'ajouter:

— Mais c'est votre faute, aussi; vous vous entêtiez sur une fausse piste avec votre obsession des arachnes.

Le sergent Weber et Michel tournèrent vers elle des yeux stupéfaits. Arialde continua avec amertume:

— Comme si un de ces oiseaux pouvait avoir attaqué deux personnes! Je ne pouvais pas rester à vous regarder faire fausse route.

Michel s'approcha de la jeune femme:

— Vous ne pensiez tout de même pas que je soupçonnais un arachne!

— Quand avez-vous dit le contraire?

— Mais, Arialde, vous ne m'avez jamais laissé le temps de m'expliquer!

La jeune femme resta sans voix.

— Je me suis intéressé à votre volière parce que l'assassin semble vouloir diriger nos soupçons de ce côté.

Michel n'était peut-être pas si borné, après tout. Le temps venait, pour Arialde, de dire tout ce qu'elle savait aux policiers. Ne valait-il pas mieux oublier ses déceptions sentimentales et aider à l'arrestation d'un criminel?

— Je sais pourquoi l'assassin veut vous attirer du côté de la volière: à cause de Voix d'Or.

Ce n'est pas sans raison qu'elle a été surnommée « l'Enchanteresse », elle envoûte littéralement les oiseaux.

Le sergent Weber, qui avait suivi l'envol de l'arachne pendant et après le spectacle, esquissa un sourire amusé.

— Enfin, protesta Michel, l'assassin ne peut compter que nous envisagerons sérieusement l'hypothèse d'un envoûtement.

— Il y a plus que la relation entre Voix d'Or et les oiseaux, révéla Arialde. Je crois que l'arme du crime appartient à Voix d'Or.

Arialde décrivit minutieusement l'épingle à cheveux disparue, ornée d'un diamant. Les policiers avouèrent que l'objet correspondait aux blessures des deux victimes.

— La seule chose que je n'ai pas compris encore, conclut Arialde, c'est le lien entre Lisbelle Chatereau, simple ouvrière des mines, et Nicolas Cheney, garçon employé par Voix d'Or.

Michel et le sergent Weber échangèrent un regard entendu. Le sergent prit la parole:

— Nous pouvons répondre à une partie de cette question, Mad'Henke. Lisbelle Chatereau n'était pas une ouvrière ordinaire.

Arialde faillit répondre: « Je m'en doutais », mais elle se tut. Michel fit signe au sergent de continuer ses révélations:

— Lisbelle Chatereau était l'un de nos meilleurs agents. Au moment de sa mort, elle avait pour tâche d'infiltrer une bande d'ouvriers qui se livrent au trafic de pierres précieuses.

Une femme policier! Voilà pourquoi Michel était si touché par sa mort.

— Voyez-vous, poursuivait Weber, les compagnies minières sont venues sur Arkadie attirées surtout par les minerais riches en métaux. Mais il arrive que des mineurs, en creusant, trouvent autre chose, comme des pierres précieuses. Pourquoi remettre une telle découverte entre les mains de leur employeur? Non, les ouvriers préfèrent empocher leur trésor.

Arialde resta silencieuse. Il lui semblait pouvoir visualiser la scène: un ouvrier se penchait sur le sol inégal de la mine, se redressait en glissant furtivement un joyau dans sa combinaison de travail...

Le sergent Weber arpentait la pièce tout en parlant:

— Il s'est développé toute une contrebande de pierres. L'ouvrier fait la découverte, puis remet la pierre brute à quelqu'un d'autre qui se charge de lui faire quitter Arkadie. C'est ce réseau que Lisbelle Chatereau était chargée d'infiltrer: elle devait devenir membre de la bande et nous permettre de remonter jusqu'aux chefs.

Arialde évoqua ses deux assaillants, dans le hangar aux camions. Les deux hommes l'auraient-ils tuée, si Jérémie n'était pas intervenu? La jeune femme leva les yeux vers Michel, demeuré immobile auprès d'elle:

— Alors, ce sont les contrebandiers qui ont commis les meurtres?

— Pas si on se fie au dernier rapport de Lisbelle, n'est-ce pas Sergent?

Weber répondit avec réticence:

— Les contrebandiers ne sont habituellement pas des tueurs; dans le cas qui nous occupe, ce sont de simples ouvriers qui cherchent à augmenter leur magot.

Cette fois, ce fut l'inspecteur Corsan qui expliqua:

— Lisbelle venait juste de prendre son poste quand elle a été tuée. Le matin même, je lui avais remis un faux diamant brut. Elle devait faire semblant de trouver cette pierre dans la mine et tenter de contacter les contrebandiers pour la vendre.

Michel Corsan fit une pause, avant de reprendre:

— D'après son dernier rapport, en tentant de joindre les contrebandiers elle aurait été contactée par un client indépendant, quelqu'un qui ne faisait pas partie de la bande de trafiquants et qui voulait lui acheter la pierre, ici-même sur Arkadie.

Arialde écarquilla les yeux. Elle commençait à entrevoir la vérité:

— Ce «client» indépendant viendrait de la maison volante, c'est ça?

— Nous le pensons, admit le sergent Weber.

Le policier se pencha au terminal et appela un dossier. Puis, il se tourna vers Arialde:

— Venez voir ça, Mad'Henke.

La jeune femme obéit. Sur l'écran, apparaissait le texte d'un rapport en provenance de Bourg-Paradis. Arialde chercha la signature et découvrit le nom d'un compagnon du laboratoire d'ornithologie. Elle avait oublié: après le meurtre de l'ouvrière Chatereau, Michel avait annoncé qu'il enverrait une photo des empreintes de l'arachne découvertes près du cadavre.

Arialde lut rapidement le rapport. En gros, le labo d'ornithologie concluait que ces empreintes avaient été faites à partir de la seule patte gauche d'un arachne.

La jeune femme se redressa pour contempler les deux policiers:

— Ça veut dire que l'arachne disparu de la volière a été tué. L'assassin lui a coupé la patte gauche et s'en est servi pour produire les empreintes. Exact?

L'inspecteur Corsan acquiesça. Le sergent Weber, en homme méthodique, résuma:

— Au début, l'assassin voulait juste acheter la pierre à Lisbelle. Mais, soit que notre agent ait commis une erreur, soit qu'elle ait refusé de vendre à cet homme parce qu'il ne faisait pas partie du réseau de trafiquants qui nous intéresse. Quoi qu'il en soit, cette personne a décidé de tuer Lisbelle. Cette personne a enlevé l'arachne de la volière et lui a prélevé une patte, puis a volé l'épingle de votre « enchanteresse » parce que cet objet avait la même forme qu'un bec d'arachne. Ensuite, notre assassin s'est rendu au dortoir des ouvriers et s'est tranquillement attaqué à Lisbelle en sachant qu'il avait peu de chance d'être interrompu dans sa besogne: en effet, les couloirs des alcôves sont le plus souvent déserts.

Arialde avait suivi le résumé du sergent avec une grimace de dégoût. Corsan observait la jeune femme:

— Puisque vous tenez tant à vous mêler de cette affaire, Aria, vous allez nous aider à piéger l'assassin. Mais d'abord, dites-moi: si vous avez suivi cet homme, cet après-midi, c'est parce qu'il a rencontré quelqu'un venu de la maison volante?

— Comment savez-vous ça?

Michel eut un sourire condescendant:

— Votre ami camionneur... Vous lui avez dit que vous aviez aperçu quelqu'un que vous connaissiez.

Arialde ne put qu'acquiescer. Le sergent Weber expliqua:

— Le «client» de Lisbelle doit tenter de revendre la pierre qu'il lui a prise en la tuant. À moins qu'il ne cherche à s'en procurer d'autres. Enfin, nous savons qu'il est entré en contact avec le réseau de trafiquants.

L'assassin venu de la maison volante... Arialde frissonna. Sur qui les soupçons des policiers se portaient-ils? Hugo et Christian avaient un alibi pour le meurtre de Nicolas, mais la maison regorgeait de suspects. La metteure en scène, cette petite femme pâle? Gila, la technicienne qui négligeait son travail pour passer ses nuits à jouer? L'un des machinistes, la maquilleuse? Pour Arialde, une foule de visages surgissait à la surface de sa mémoire.

— Vous avez un suspect, Michel?

— Oui. Je parie que vous en avez un aussi.

— Mais, intervint le sergent Weber, comme nous n'avons pas de preuve, nous allons devoir lui tendre un piège.

Les deux policiers comptaient sur son aide, pourtant Arialde n'était pas certaine de se montrer à la hauteur. Elle s'efforça de plaisanter pour cacher son inquiétude.

— En tout cas, je sais maintenant pourquoi Nicolas a été tué: comme il était toujours fourré partout, il avait certainement trouvé une preuve contre l'assassin. La pierre, peut-être?

Soudain, Arialde tressaillit. Un souvenir lui venait — un souvenir du jour précisément où Lisbelle Chatereau avait été tuée. En blaguant, elle avait mis le doigt sur la vérité: Nicolas avait trouvé la cachette dans laquelle l'assassin gardait la pierre volée. Pire encore: Arialde savait à quel endroit chercher cette cachette.

Inconscient des découvertes de la jeune femme, Michel répliqua, manifestement par plaisanterie:

— Mais vous aussi, Aria, vous fouinez toujours partout. C'est pourquoi l'assassin va tenter de vous tuer.

9

Piège pour un drôle d'oiseau

Plusieurs des « suspects » de l'inspecteur étaient réunis dans la salle à manger lorsque Arialde rentra à la maison volante.

— Vous voilà! s'exclama Christian en apercevant la jeune femme. Joignez-vous vite à nous pendant qu'il reste quelque chose à manger.

L'imprésario donnait d'ailleurs le bon exemple en dévorant le contenu de son assiette. S'agissait-il du même homme qui, cet après-midi, conduisait un trafiquant de pierres précieuses dans son véhicule? Sans se douter des soupçons dont il était l'objet — ou sans montrer qu'il s'en doutait —, Christian fit place à Arialde auprès de lui. La jeune femme s'installa à table avec des gestes maladroits et elle promena son regard autour d'elle.

Voix d'Or « l'Enchanteresse » chipotait dans son assiette. Pendant un moment, Arialde s'apitoya sur le sort de la petite fille. Ce meurtre lui avait enlevé son unique compagnon de jeux d'une manière dramatique. Arialde songea à appeler Fédric, son plus jeune frère qui aurait pu remplacer le petit garçon disparu, puis elle chassa cette idée: pourquoi mettre la vie de Fédric en danger en l'appelant auprès d'elle?

La metteure en scène était assise au bout de la table, comme la maîtresse de ces lieux. Elle écoutait Hugo Segourdin lui exposer ses idées pour la prochaine tournée. Hugo secouait sa tignasse blonde: il n'acceptait manifestement aucun argument qui viendrait contrarier ses projets. Des jeunes femmes membres de l'équipe discutaient avec des machinistes de ce qu'elles avaient vu en ville durant la journée. Gila, la technicienne chargée des oiseaux, mangeait en silence au milieu des rires et des éclats de voix. Une large tablée, très animée. Comment croire qu'une de ces personnes fût un assassin?

— Eh bien, Arialde, où étiez-vous donc aujourd'hui?

La jeune femme sursauta. C'était Christian qui venait de l'interpeller. L'imprésario avait-il aperçu la jeune femme alors qu'elle tentait de le suivre? Arialde leva les yeux et défia Christian du regard:

— Cet après-midi, j'ai vu l'inspecteur Corsan; c'est lui qui mène l'enquête sur la mort de Nicolas.

Le silence se fit instantanément autour d'elle. À l'autre bout de la table, Hugo demanda d'une voix calme:

— Y a-t-il du nouveau, Arialde?

La jeune femme se tourna dans sa direction.

— Si on veut. Les policiers pensent tenter un test avec les arachnes de notre volière.

— Un test? s'étonna Christian de l'autre côté. Quel genre de test?

— Les arachnes sont des oiseaux très particuliers, voyez-vous, ils sont dotés d'un odorat très développé, comme les chiens.

Arialde fit une brève pause. Personne ne protesta contre une affirmation aussi grotesque. Un peu déçue, la jeune femme continua:

— L'inspecteur croit que les arachnes reconnaîtront la personne qui a enlevé l'un d'entre eux.

Aussitôt, une discussion éclata, à savoir s'il était possible qu'un oiseau ait assassiné deux personnes. Arialde laissa les conversations se perdre dans toutes les directions. En fait, l'assassin ne goberait sans doute pas une histoire aussi grosse — des arachnes avec un flair de chien! De toutes les espèces d'Arkadie, l'arachne était l'oiseau à l'odorat le moins développé. La force de cette espèce résidait plutôt dans sa vue perçante qui lui permettait de repérer les insectes prisonniers des toiles résineuses tendues entre les arbres. Tant pis si les dîneurs croyaient ou non au flair des arachnes. L'important, avait dit Michel, c'était que l'assassin ne pourrait prendre de risque. Il lui faudrait intervenir — et menacer la trop fouineuse Arialde.

Une voix claire s'éleva au milieu du brouhaha des conversations:

— Comment se fait-il que l'inspecteur Corsan t'ait confié ces renseignements, Arialde?

C'était Voix d'Or qui regardait la jeune femme avec gravité. Arialde ne cilla pas.

— Je suis allée le voir et nous avons discuté du meurtre.

— Mais, insista l'enfant, pourquoi être allée le voir, justement?

Arialde esquissa un sourire qu'elle souhaita ambigu:

— Peut-être parce que j'ai moi-même une idée quant au nom de l'assassin, qu'est-ce que tu en penses?

Personne ne semblait s'intéresser à cette conversation entre Arialde et l'enfant, à part un machiniste:

— Tous le monde a son idée, mais les flics n'écoutent personne.

— Je ne suis pas allée à la Sécurité pour être écoutée, mais bien pour entendre ce que les policiers avaient à dire.

Le machiniste haussa les épaules et se détourna pour s'impliquer dans une autre discussion. Satisfaite, Arialde se garda bien d'insister. Ses paroles n'étaient certes pas tombées dans l'oreille d'un sourd. Autour de la table, quelqu'un avait écouté sans en avoir l'air.

* * *

— Pourquoi ne pas aller sur le balcon? suggéra Gila.

«Gagnez votre chambre de bonne heure», avait ordonné Michel Corsan à Arialde, cet après-midi. La jeune femme déclina l'invitation avec un frisson: Nicolas était tombé du balcon...

Le soleil avait disparu depuis longtemps, mais une bande de lumière orangée éclairait encore l'horizon. La maison volante avait décollé, quittant le toit de l'amphithéâtre. Nelson s'éloignait lentement sous les réacteurs de la maison mobile. La prochaine représentation de Voix d'Or aurait lieu à la base d'Howell, dans trois jours. En attendant, plusieurs membres de l'équipe en profitaient pour prendre congé. Certains étaient demeurés à Nelson, d'autres avaient pris les devants et se trouveraient à la base d'Howell à l'arrivée de l'équipe.

Le salon était pratiquement désert. Voix d'Or se trouvait déjà au lit; Hugo discutait du spectacle à venir dans la chambre de la metteure en scène; Christian devait boire en solitaire chez lui. Arialde annonça qu'elle se retirait. Sur le seuil de la pièce, elle s'arrêta. Gila se tenait debout devant la porte-fenêtre, indifférente au départ d'Arialde. Cette femme avait-elle tenté de l'attirer au dehors pour la tuer? Arialde s'éloigna. Au fond, aucun des habitants de la maison ne ressemblait à un assassin. À quoi bon se torturer en les soupçonnant tous? Dans peu de temps, elle connaîtrait la réponse à ses questions.

* * *

Arialde s'éveilla en sursaut. Elle se redressa pour consulter l'horloge à la tête de son lit. La jeune femme avait somnolé à peine quelques minutes, quelques minutes de trop. Elle ne voulait pas dormir, mais son insomnie de la nuit dernière pesait sur ses paupières.

La porte de la penderie était demeurée ouverte et formait un trou noir dans l'obscurité de la chambre. De la fenêtre opacifiée ne provenait pas la moindre lueur du dehors; à cause du tapis de la chambre, le bas de la porte ne présentait aucun interstice qui permît à la lumière du couloir de pénétrer dans la pièce. Pourtant, Arialde distinguait la forme des meubles car ses yeux s'étaient habitués à la noirceur.

Les autres habitants de la maison devaient aussi être au lit, maintenant, puisque pas un bruit ne traversait les cloisons. Arialde tendit l'oreille quand même. Quelque chose, un simple frôlement peut-être, lui annoncerait la venue de l'assassin.

Et si elle s'était trompée, si un arachne malveillant et rusé parvenait à se glisser dans le monde des humains pour frapper? Dans un tel cas, Arialde veillerait inutilement cette nuit car les oiseaux étaient bien enfermés dans la volière. La jeune femme soupira et se tourna sur le côté, les yeux fixés au panneau de la porte. Un arachne! Idée totalement absurde.

Il lui fallait plutôt craindre le poignard de l'assassin.

À nouveau, Arialde laissa ses paupières se clore.

Elle dormait à moitié quand la porte s'ouvrit. Sous ses paupières filtra pendant un moment la lumière douce du couloir, puis la porte se referma.

Arialde s'était raidie malgré elle. Avec un gémissement de dormeur agité, elle remua les jambes. Ce mouvement lui permit de détendre ses muscles tendus. Dans la chambre, rien ne bougea.

Prudemment, Arialde ouvrit les yeux. Elle ne vit d'abord rien, puis distingua une silhouette en mouvement qui se détachait du mur. L'ombre portait une forme gigotante. Soudain, un croassement étouffé se fit entendre. La silhouette tendit les bras. Dans un froissement de plumes, une forme ailée bondit en direction du lit.

Arialde se mit à hurler. Aussitôt, la lumière éclata dans la pièce; la jeune femme, totalement aveuglée, ne vit plus rien. Elle perçut toutefois le bruit de la lutte qui s'engageait au pied de son lit. La porte de sa chambre s'ouvrit à nouveau. Arialde reconnut la voix du sergent Weber lorsqu'il cria:

— Police, ne bougez plus !

Arialde frotta vivement ses paupières endolories. La vue lui revint peu à peu. La porte de la chambre béait sur le couloir. Dans la pièce inondée de clarté, des silhouettes humaines s'agitaient. Arialde aperçut l'arachne affolé qui s'échappait par la porte ouverte. Le sergent Weber émit un juron. Au pied du lit, Michel Corsan tenait une personne qui se débattait vivement. La voix de l'inspecteur était essoufflée quand il ordonna:

— Weber, laissez l'oiseau, il n'ira pas loin. Passez plutôt les menottes à celui-là.

— Arialde glissa en bas de son lit. Son assaillant, maintenu par les deux policiers, se redressa soudain. Hugo Segourdin leva vers la jeune femme son regard tranquille.

— C'est une erreur, Messieurs.

L'inspecteur Corsan l'ignora. De ses mains enfin libres, il ramassa un objet qui avait chu sur le tapis: l'épingle à cheveux ornée d'un diamant. Puis Michel prit le boîtier qui lui avait permis de commander l'éclairage à distance et le rangea dans ses poches. En échange, l'inspecteur se saisit d'un communicateur portatif et y jeta quelques ordres d'une voix brève.

Les autres habitants de la maison, attirés par le bruit, s'agglutinaient devant la porte de la chambre. Ils clignaient leurs paupières ensommeillées avec des airs de hibou ahuri. Des agents surgirent bientôt, sûrement à l'appel de Corsan. Les policiers écartèrent les curieux sur leur passage et vinrent encadrer Hugo menotté. Christian Du Vallon apparut, ses rares cheveux bruns décoiffés:

— Qu'est-ce qui se passe?

Ce ne fut bientôt qu'un concert de voix réclamant des explications. Arialde s'approcha machinalement de Michel, comme pour chercher sa protection. L'inspecteur n'avait pas tellement l'aspect du fin limier, à ce moment-là: il massait son dos courbaturé par les heures de veille passées dans la penderie.

À nouveau, Hugo Segourdin protesta:

— Je vous assure qu'il s'agit d'une erreur; je voulais faire une blague à la jeune Henke...

Sans s'occuper du décoriste, Arialde s'adressa à Michel:

— Venez, je vais vous montrer où est caché le diamant.

Cette phrase imposa le silence. Segourdin lui-même s'écarta pour laisser passer la jeune femme.

10

Les trésors de l'Enchanteresse

Les policiers avaient maintenant envahi la maison volante. Lorsque Arialde pénétra dans le salon, elle fut suivie par l'inspecteur Corsan ainsi que par les agents qui encadraient Hugo Segourdin. Des policiers se postèrent à l'entrée de la pièce pour en interdire l'accès. Christian Du Vallon obtint le droit de passage. Derrière lui, Voix d'Or tenta de se glisser entre les agents:

— Laissez-moi passer! C'est *ma* maison, après tout.

Arialde s'approcha de l'inspecteur Corsan et posa une main sur son bras:

— Elle a raison, Michel.

Corsan fit un signe de tête à l'adresse des agents qui libérèrent le passage. Voix d'Or entra vite, comme si elle craignait que l'inspecteur ne changeât d'avis. Hugo Segourdin, parfaitement détendu malgré les menottes à ses poignets, contemplait la scène en souriant:

— Alors, elle vient cette « démonstration » ?

Arialde l'ignora. Le sergent Weber venait

d'apparaître sur le seuil de la pièce; le policier portait un appareil dans ses bras: un projecteur tridimensionnel et son clavier de programmation. Avec des gestes assurés, Arialde débarrassa une table basse de son contenu et demanda au sergent d'y poser l'appareil. Puis, simplement, elle mit le projecteur en marche.

Le salon se transforma instantanément en l'un des décors du spectacle: un désert de sable qu'utilisait Voix d'Or pour chanter un extrait de l'opéra *Aïda*. À perte de vue, ce n'était que dunes dorées sous un ciel d'un bleu éclatant. Tout le monde était demeuré immobile dans le salon transformé. Puis, l'un des agents s'exclama:

— Regardez ça!

L'injonction s'avérait inutile, car les yeux de tous s'étaient déjà portés vers l'objet désigné par le policier.

Il y avait une pendule au milieu du désert; une pendule ancienne, avec un boîtier de chêne poli, un cadran rond et des aiguilles de métal. Dans le silence qui s'était fait, Arialde se surprit à tendre l'oreille, cherchant à entendre le tic-tac du balancier, mais la pendule n'émettait aucun bruit. Même, à bien y regarder, elle n'indiquait pas l'heure exacte. Sans doute le vieux mécanisme s'était-il arrêté depuis longtemps.

Lorsque Arialde parla, elle fit tressaillir plusieurs personnes autour d'elle, dont Hugo Segourdin qui ne songeait plus à sourire.

— La première fois, c'était un livre au milieu

d'une jungle, tu te souviens de ça, Voix d'Or?

La petite fille acquiesça. Arialde reprit:

— Sur le moment, je n'ai pas compris ce que cela signifiait. Je savais, bien sûr, qu'un projecteur est programmé pour inclure dans son décor tous les objets inertes d'une pièce. Pourquoi ce jour-là, dans la jungle que projetaient Nicolas et Voix d'Or, ce livre était-il resté visible?

Arialde n'avait pas posé cette question pour recevoir une réponse. Pourtant, Voix d'Or intervint:

— Si le livre est resté visible, c'est parce que l'ordinateur intégré au projecteur n'a pas pu l'analyser.

Arialde approuva, un peu surprise:

— Exact. Et l'ordinateur n'a pas analysé cet objet parce qu'il était équipé d'un champ de force.

D'un geste, la jeune femme fit disparaître la projection. Le désert s'effaça, mais non la pendule. Au lieu d'être suspendue dans le vide, l'horloge ancienne se trouvait maintenant posée sur une étagère. En fait, un observateur non prévenu l'aurait à peine remarquée: des dizaines d'objets entouraient la pendule et même des livres étaient appuyés contre son boîtier de bois.

Arialde souleva délicatement l'objet et le posa sur la table basse, par-dessus le projecteur. La jeune femme plaça la pendule couchée, son cadran contre la surface du projecteur. Le panneau arrière du boîtier de l'horloge comportait des vis minuscules, de la même couleur que le bois de chêne. Arialde laissa la place au sergent Weber qui semblait équipé en vue de toute éventualité. Le sergent prit un outil dont le moteur siffla brièvement, puis le policier retira les quatre vis. Il tenta d'ouvrir le boîtier qui résista.

Christian Du Vallon, qui était resté coi jusque là, s'avança vivement:

— À quel jeu jouez-vous?

L'imprésario se pencha sur l'horloge et essaya à son tour de retirer le panneau arrière. Rien à faire. Arialde s'interposa:

— Vous perdez votre temps, Chris. Un champ de force intérieur retient le panneau. Ce qu'il vous faut, c'est la clé qui commande ce champ de force.

Le sergent se tourna vers l'un de ses hommes qui lui tendit un petit rectangle noir doté de touches comme un clavier. En apercevant cet objet, Christian parut vouloir prendre la parole, mais finalement il ne dit rien. Le sergent expliqua:

— Mes hommes ont trouvé ceci dans votre chambre, Du Vallon. C'est la clé qu'il faut pour interrompre le champ de force.

Voix d'Or protesta:

— Vous ne pouvez pas avoir trouvé ça chez Chris.

Sans répondre, Weber pointa la « clé » vers le boîtier de l'horloge. Un signal vert clignota sur la surface noire du rectangle. Le sergent désigna la pendule:

— Vous pouvez ouvrir, maintenant.

Christian tira encore une fois le panneau arrière de la pendule; cette fois, la pièce de bois se retira aisément et le mécanisme de l'horloge apparut avec ses rouages d'acier inoxydable. On apercevait aussi les minces fils où avait passé le champ de force. Christian glissa une main à l'intérieur et la retira, tenant un paquet enveloppé d'une pièce de velours bleu foncé. L'imprésario déballa ce paquet avec lenteur. Sur le fond de velours sombre, des cristaux multicolores s'étalèrent. Arialde les contempla, vaguement déçue de les trouver aussi ternes. Ce n'était que des pierres brutes: diamants, émeraudes et rubis. Tout de même, une fortune en pierres précieuses roulait entre les doigts de Christian.

Stupéfait, l'imprésario se tourna vers Hugo Segourdin qui haussa les épaules:

— Bon, vous avez découvert ces pierres dans une horloge, mais l'horloge appartient à Voix d'Or. Et la clé qui commandait le champ de force a été retrouvée chez Chris.

Le visage brun de Christian Du Vallon s'empourpra:

— C'est toi qui l'a apportée ce soir! Tu es venu me voir sous prétexte de bavarder, mais tu as laissé cette chose dans ma chambre.

— Prouve-le! répliqua Segourdin.

Voix d'Or s'approcha de Michel Corsan:

— Hugo a raison, Inspecteur. D'ailleurs, il a un alibi pour le soir où Nicolas a été tué: il était avec Christian.

Ce fut Arialde qui répondit d'une voix douce:

— Je crois que Christian a beaucoup de choses à nous raconter.

L'imprésario baissa la tête. Il était devenu le point de mire de cette petite assemblée, tout le monde suspendu à ses lèvres. Soudain, l'un des agents qui tenaient Segourdin poussa une exclamation. Le décoriste avait bondi en direction de la porte. Lorsque le panneau s'écarta, l'homme se trouva nez à nez avec d'autres policiers qui s'emparèrent de lui aussitôt. Corsan ordonna d'un ton irrité:

— Emmenez-le, nous n'avons plus besoin de lui.

Les policiers serrèrent Hugo d'un peu plus près. Le décoriste se tourna une dernière fois vers le petit groupe réuni dans le salon:

— Souviens-toi bien de ça, Chris: je vais tout faire pour t'enfoncer. Je te jure qu'avec ce scandale ta carrière est aussi foutue que la mienne.

Les policiers l'entraînèrent et la porte se ferma sur lui. Christian cacha son visage dans ses mains. Voix d'Or posa la main sur le bras de son imprésario:

— Chris...

Christian Du Vallon redressa la tête, le visage défait. Il soupira:

— Alexandrina, si tu savais ce que j'ai fait...

— Justement, Chris, je le sais.

L'imprésario sursauta. Voix d'Or ajouta, avec un sourire triste:

— Tu voulais éviter le scandale pour ne pas nuire à ma carrière, alors tu as obéi à Hugo, même quand il te demandait de faire des choses qui te déplaisaient ou qui étaient illégales. Je vous ai souvent entendus, quand vous pensiez que je dormais.

Les traits du visage de la petite fille se firent durs:

— Ce que je n'accepte pas, c'est que tu l'aies protégé après qu'il ait tué Nicolas. Parce que c'est la vérité, n'est-ce pas? Il n'avait pas d'alibi, tu as accepté de lui en fournir un.

Arialde et l'inspecteur Corsan échangèrent un regard incrédule. Ils avaient discuté de tous ces faits la veille, avant de se quitter, mais jamais ils n'auraient imaginé que Voix d'Or ait déjà été au courant!

Christian Du Vallon était tout aussi désemparé face à sa protégée. L'imprésario se laissa tomber dans un fauteuil:

— Il est venu chez moi, il m'a ordonné de dire qu'il avait passé toute la soirée en ma compagnie. Je ne savais pas qu'il avait tué Nicolas, je te jure.

— Mais quand la police est venue t'interroger, Chris, tu aurais pu avouer et dire que Hugo n'avait pas d'alibi.

— J'ai eu peur qu'il ne m'accuse d'être son complice!

Arialde s'approcha. Elle posa les deux mains

sur les épaules de Voix d'Or et murmura:

— Je suis désolée, je pensais pouvoir t'épargner tout ça...

Voix d'Or se dégagea brusquement:

— J'ai été assez épargnée, merci! Depuis des années, ces deux-là me volent tranquillement et je n'ai rien dit parce que je pensais que ça n'avait pas d'importance. J'ai eu tort de me taire.

Elle ajouta, plus calmement:

— Je ne suis pas un ange, Arialde.

L'inspecteur choisit ce moment pour rappeler sa présence:

— Bon, écoutez, vos aveux sont bien intéressants mais je crois qu'il faudrait tout reprendre depuis le début; qu'en pensez-vous?

* * *

— Ça s'est passé lors de la première tournée de Voix d'Or, commença Christian Du Vallon.

Ils étaient assis dans les fauteuils, tous. Le sergent Weber avait quitté le salon pour aller interroger les autres habitants de la maison. À sa place, un policier en uniforme était entré avec un enregistreur. En apercevant l'agent, Christian avait d'abord protesté. Sans pitié, Voix d'Or lui avait ordonné de se calmer.

Christian continua:

— Hugo m'a demandé un service. Au début, ça semblait tout à fait innocent: prendre livrai-

106

son d'un paquet dans un endroit où avait lieu le concert. J'ai accepté, par gentillesse.

— Il t'avait offert de l'argent, ajouta Voix d'Or d'un ton sec. C'est pour ça que tu as accepté.

Michel Corsan intervint:

— Qu'y avait-il dans ce paquet, Du Vallon?

— De la drogue. Hugo avait accepté de livrer de la drogue, alors que nous étions dans une station orbitale où cela était interdit. Tout de suite après avoir effectué cette livraison, Hugo m'a mis au courant: il avait l'intention de profiter des tournées de Voix d'Or pour faire sa fortune. Moi, j'étais déjà son complice. Je devais continuer, sinon il ferait éclater le scandale pour me nuire et surtout compromettre la carrière d'Alexandrina.

L'imprésario s'interrompit pour se tourner vers sa protégée:

— C'est pour toi que j'ai agi ainsi, Alex, pour sauver ta carrière.

— Et c'est pour sauver ma carrière que Hugo et toi avez remplacé certains objets d'art de ma collection par des copies?

Christian agita les mains, comme si cela pouvait l'innocenter:

— C'était une idée de Hugo, je te jure. Et puis, tu n'accordais aucun intérêt à ces choses. Nous voulions les mettre en sécurité, éviter que tu ne les perdes.

— Comme mon épingle à cheveux ornée d'un diamant! M'as-tu assez rabâché les oreilles avec la perte de ce bijou, alors qu'en fait c'était Hugo qui l'avait pris, je l'avais vu.

Arialde ne put réprimer un soupir. Elle avait cru l'enfant aveugle à ce qui se déroulait autour d'elle. Au contraire, Voix d'Or était terriblement consciente des agissements des adultes.

À nouveau, Michel prit la parole:

— Continuez, Du Vallon. Vous avez fait beaucoup de «livraisons» pour Segourdin?

— Juste assez pour être bien enfoncé dans son jeu. Il m'a annoncé, avant cette tournée-ci, qu'il comptait acheter des pierres sur Arkadie et les revendre ensuite. Il croyait prendre sa retraite après ce coup-là. C'est tout, je vous jure. Je ne savais pas qu'il allait tuer pour s'emparer des pierres qu'il convoitait. Ensuite, je n'ai pu que me taire. J'avais peur d'être arrêté moi aussi et qu'Alexandrina ne veuille plus de moi pour imprésario.

— Chris...

Cette fois, le ton de Voix d'Or n'était plus coléreux ni vindicatif, mais seulement fatigué:

— Pauvre Chris... Si j'avais voulu me débarrasser de toi, j'aurais réclamé une enquête dès le moment où je me suis aperçue que des objets de ma collection étaient devenus des copies. J'avais si souvent surpris vos secrets, à Hugo et à toi!

Voix d'Or s'adressa à Michel:

— Je me rends compte maintenant que Nicolas est mort par ma faute. C'est mon crime à moi, Inspecteur, de m'être tue quand je savais les gens autour de moi malhonnêtes. Si j'avais parlé avant, Hugo n'aurait pas cru nécessaire de tuer Nicolas pour sa sécurité.

Nicolas avait compris, bien avant Arialde, que le livre isolé au milieu de la jungle dissimulait quelque chose. Voix d'Or aussi avait compris cela, mais personne ne croyait que la petite cantatrice pût être consciente de son entourage. Voix d'Or paraissait flotter au-dessus du commun des mortels. Arialde elle-même l'avait traitée comme un ange...

La jeune femme voulut intervenir, mais Voix d'Or lui coupa la parole:

— Ne dis rien, Arialde, je sais que tu me trouverais des tas d'excuses pour être restée silencieuse. Mais tu te trompes, je suis coupable de mon silence et je n'ai pas peur de prendre mes responsabilités. Encore cette nuit, tu aurais pu mourir pour éclaircir ces meurtres alors que je pouvais mener l'enquête à son terme par une seule phrase. Je te demande pardon, Arialde.

La petite fille se tourna vers son imprésario:

— Cesse de gémir, Chris, tu sais bien que j'ai besoin de toi. Et puis, je ne vaux guère mieux que toi et Hugo.

Michel quitta son fauteuil:

— Voilà deux meurtres élucidés. Mais j'ai encore du travail, parce qu'il reste le réseau de trafiquants de pierres précieuses qui œuvre toujours sur Arkadie. Si vous le permettez, nous allons nous retirer.

Michel fit signe à son agent. Aussitôt, tout le

monde fut sur pied. Arialde en aurait crié de dépit: Michel allait repartir. S'écoulerait-il encore un an avant qu'elle ne le revît? La jeune femme se secoua: cette fois, elle ne se laisserait pas abandonner sans un mot d'explication.

Michel donna quelques instructions à l'agent qui avait enregistré la déposition de l'imprésario. Lorsque l'inspecteur s'avança vers la porte pour quitter la maison, Arialde s'interposa:

— Attendez, je dois vous parler!

Surpris, Michel s'arrêta:

— Mais... L'enquête est terminée, Arialde. J'ai suffisamment d'éléments pour remettre mon rapport...

— Je me fiche bien de votre rapport, Michel.

Derrière eux, Voix d'Or dit à Christian:

— Viens, allons dormir.

Arialde regarda sortir le policier en uniforme, Voix d'Or et son imprésario. Puis, elle se tourna vers l'inspecteur Corsan.

11

Les amours de l'inspecteur Corsan

— Vous pouvez bien m'accorder une ou deux minutes, Inspecteur?

Michel n'était visiblement pas à son aise, il évitait de regarder la jeune femme. Par la porte-fenêtre du balcon, Arialde voyait défiler le paysage: la maison continuait son voyage vers la base d'Howell. L'inspecteur n'avait pas fait interrompre son voyage, malgré le piège tendu à Hugo cette nuit, pour ne pas éveiller les soupçons du suspect. Arialde songea à Voix d'Or pendant un moment. Le spectacle du surlendemain serait-il annulé?

Près de la jeune femme, Michel s'agita. Arialde voulut le rassurer:

— Ce ne sera pas long, Inspecteur, je veux seulement m'excuser.

— Vous excuser?

— Encore une fois, je n'ai pas eu confiance en vous, je me suis mise en colère plusieurs fois parce que je pensais que vous enquêtiez sur les arachnes. Je suis désolée.

Michel se tourna vers la porte-fenêtre. L'aube pointait à l'horizon, quelques nuages se coloraient de jaune et d'or tandis que le ciel pâlissait. Sous la maison volante, les bois et les cours d'eau défilaient; bientôt, cette partie de la planète allait s'éveiller.

Michel répliqua, hésitant:

— Vraiment, Aria, vous n'avez pas à vous excuser, j'étais un peu nerveux pendant cette affaire.

La jeune femme tressaillit. Elle revoyait le visage bouleversé du policier lorsqu'il contemplait l'alcôve où gisait Lisbelle Chatereau. Michel avait paru très affecté par la mort de la fausse ouvrière. La policière tuée était-elle une compagne de travail ou... une amie?

Arialde était restée silencieuse, elle demanda brusquement:

— Lisbelle Chatereau était votre amie?

— Écoutez, Aria...

La gêne qu'exprimait le visage de Michel était pire que tout ce qu'Arialde avait pu imaginer. Elle ne voulait pas se mettre en colère, elle devait rester calme, mais elle ne put s'empêcher de s'exclamer:

— Je comprends pourquoi vous m'avez laissée sans nouvelles pendant toute une année et pourquoi vous n'avez repris contact avec moi que pour des raisons professionnelles!

Elle serra les poings. Surtout, avoir l'air raisonnable et sensé — mais le sang lui battait aux tempes et elle souhaitait de tout cœur s'être trompée. L'inspecteur Corsan bredouilla:

— Aria, je ne sais pas ce qu'il faut vous dire...

Arialde se tourna vers lui avec un mouvement de colère:

— Alors ne dites rien!

— Vous êtes si jeune, Aria...

En toute autre circonstance, la jeune femme aurait crié de rage, mais curieusement sa colère était tombée, il ne lui restait plus qu'une immense tristesse. Et, contrairement à ce que prétendait Michel Corsan, elle se sentait vieille, très vieille.

— Je suis moins jeune que vous voudriez le croire, Michel, mais ça n'a plus d'importance.

— Écoutez, Aria, nous avions convenu d'être des amis.

Il disait vrai, que répondre à cela? Elle lui tendit la main.

— Vous avez raison, excusez-moi encore.

Elle le laissa tout juste effleurer sa main, puis elle tourna les talons et quitta la pièce à pas lents. Michel aurait pu la rappeler, mais il n'en fit rien. Elle referma derrière elle la porte de sa chambre et s'assit machinalement sur son lit. Si seulement elle se trouvait à la maison... Les siens semblaient si loin!

À ce moment, la porte coulissa sans bruit et Alexandrina se glissa dans la chambre. Voix d'Or aussi avait perdu quelques plumes dans l'aventure. Un grand chagrin se lisait sur le visage de l'enfant... Alors Arialde ouvrit les bras et Voix d'Or, dans un brusque élan, vint se serrer contre elle.

— Ce n'est rien, murmura Arialde en caressant les cheveux de la petite fille, tu oublieras.

Table des matières

115

Collection

Jeunesse — pop